LE MYSTERE DU TABLEAU DE LA FEMME ET L'ENFANT

Mon père et la deuxième DB

Gilbert Trichet

Ce roman a été écrit sur la trame historique réelle à partir d'une histoire vraie.

Du même auteur sur Amazon :

L'ILLUSION D'UN REVE (Roman)
CONFIDENCES ET CONFESSIONS D'UNE FEMME (Roman)
MON MOIS DE MAI 68 (Roman)
« Mon mois de mai 68 » a été traduit en Anglais par Elizabeth Workman sous le titre : MY STORY OF MAY 68.
CRIME SANS CHATIMENT (Roman)
PRISONNIER (Roman)
LES ETRANGES CRIMES DU PLATEAU DE LA VIADENE
LA DROLE DE VIE D'ANDRE RIGAL, DIT « DEDE » (Roman)
LA VIE CACHEE DE « Dédé » (Roman)
L'APPRENTISSAGE DE STEVE (Roman)
L'ALLEMAND QUI AURAIT VOULU ETRE FRANÇAIS (Roman)
UNE HISTOIRE D'AMOUR ET D'AMITIE. SOUVENIRS D'ALGERIE.

COMMENT RESTER EN BONNE SANTE (Précis de médecine préventive)
COMMENT BIEN S'ALIMENTER (Précis de diététique)

Retrouvez les poèmes et chansons de l'auteur sur toute les plateformes musicales : YOUTUBE, AMAZON MUSIC, ITUNES, DEEZER, SPOTIFY/ Gilbert Trichet

Le tableau

Il y avait dans la salle à manger de la ferme familiale un tableau d'apparence anodine. Il avait été accroché là comme par hasard, il y a bien longtemps. Il trônait au milieu du mur et paraissait oublié. Une épaisse couche de poussière déposée sur son cadre doré, l'attestait. Aucun membre de la famille ne semblait s'en soucier.

Cette large pièce occupée par des meubles anciens et volumineux était fermée et personne, surtout pas les enfants, n'avait le droit d'y entrer. Nous y mangions seulement certains dimanches quand nous recevions ainsi que les rares jours de fêtes de Noël, Pâques et du jour de l'an.

Ce tableau représentait une femme brune, à la chevelure noire en partie cachée par un foulard ou peut-être un voile, aux très beaux yeux verts-émeraude desquels sourdait une grande bonté. Elle était assise sur une simple chaise. Son regard profond et plein d'amour m'interrogeait, me séduisait. Il couvait de son aile blanche un enfant blond aux yeux bleus. Elle le tenait délicatement contre elle, sur ses genoux. Il était potelé comme un bébé bien nourri par des mamelles généreuses. On sentait qu'il respirait le bonheur d'être choyé par cette femme que j'imaginais être sa mère. Autour resplendissaient la lumière, les couleurs claires d'un sol ocre et nu sur un ciel d'azur. Au fond se profilait sur l'horizon une pauvre maisonnette dont les murs paraissaient avoir été blanchis à la chaux il y a bien longtemps.

Il se trouve que pendant les repas dominicaux, j'étais assis à côté de mon frère juste en face de « La femme à l'enfant ». Je ne pouvais que la voir et l'admirer. Quelque chose en elle m'émouvait, m'attirait. Était-ce cet amour maternel que dégageait cette femme brune, et cet enfant blond dont le bonheur s'exhalait de tout son être ? En plus, je soupçonnais ce bébé d'avoir un petit air de famille. Ressemblait-il un peu à mon frère ou à moi-même ? Je le comparais à la photographie en noir et blanc de mon baptême. J'avais neuf mois et j'étais assis dans un décor de photographe. La comparaison ne fut pas vraiment probante… Mais je persistais à croire à une lointaine ressemblance qui m'attendrissait…

Autant la froideur sacrée « des vierges et l'enfant » des cathédrales ou des musées m'avait toujours laissé indifférent, autant ce tableau me pénétrait d'un sentiment bizarre de douceur inextinguible. Un mystère semblait l'entourer. Quelle était l'histoire de ce tableau ? Comment était-il arrivé dans la salle à manger de cette ferme de l'Omois. Et enfin qui pouvaient bien être cette femme et son joli chérubin ?

J'aurais pu poser la question… Mais, je sentais confusément qu'il valait mieux ne pas le faire. Pourquoi ? Là était le mystère…

Notre mère lui tournait prudemment le dos. Elle ne le regardait jamais comme si elle craignait que cette femme au teint si mat, ne lui jette un sortilège ou sorte un jour du tableau pour lui pourrir la vie. Notre père, assis en bout de table, comme s'il présidait une conférence, y jetait quelquefois un regard latéral, surtout quand il se lançait dans le récit d'une période de son épopée guerrière.

Quand il se posait sur sa grosse chaise rembourrée d'un épais coussin de cuir, content de sa prospérité et de sa bedaine, nous avions un peu de mal à imaginer que ce personnage rondouillard, débonnaire et libertaire avait été un des premiers à rejoindre la colonne Leclerc. En un mot notre père était un ancien de la deuxième DB ! Et, quelque part, il en était fier ! De Faya-Largeau en passant par Alger, le débarquement en Normandie, la libération de Paris, puis de Strasbourg jusqu'au nid d'aigle d'Adolf Hitler, lui et ses compagnons avaient sauvé l'honneur de la France par leur courage et leur abnégation. Pour tout dire, j'avais du mal à le croire ! Je l'écoutais comme on écoute un conte de fée quand on sait que le « merveilleux » n'existe pas mais qu'on entre dedans pour le plaisir et par l'imagination, le temps compté d'un épisode bien précis.

Quand il se lançait dans le récit d'une tranche de vie de sa jeunesse, notre mère courbait le dos, n'osant pas l'interrompre, mais tout son être exprimait : « Cette histoire, je la connais déjà ! » et un soupir d'agacement ponctuait son état d'âme.

Mais le souffle épique était lancé et nous l'écoutions bouche bée… et je m'imaginais déjà à sa place en treillis dans le désert assis à côté de ses compagnons dans une Range-Rover que nous avaient octroyée les Anglais.

Comment deux êtres aussi différents que mon père et ma mère s'étaient-ils rencontrer ? S'aimaient-ils vraiment ? Je ne les ai jamais vu s'embrasser ni s'approcher l'un de l'autre pour s'étreindre ou se donner une caresse… Cette question, je me la suis souvent posée… A contrario, rien dans la vie de tous les jours, ne paraissait les opposer. A part quelques petits différents passagers, quelques discussions ou chamailleries, ils étaient unis comme les cinq doigts de la main dans un seul but : La solidité de la famille et la bonne marche de l'entreprise familiale, la ferme.

Alors comment ce parisien avec son long passé d'aventurier bourlingueur avait-il pu rencontrer et s'unir à ma mère, cette femme énergique, massive dont la voix forte en imposait d'emblée à ses enfants, à son entourage comme à ses bestiaux et à son troupeau de vaches laitières. Car cette paysanne, héritière d'une bonne ferme perdue dans un village du Sud de l'Aisne ne manquait pas d'aplomb et de bon sens.

Mon père soulignait qu'il avait toujours été antimilitariste. Il n'aimait pas la discipline, le rituel, les uniformes, tout ce tintouin qui sont la colonne vertébrale des armées. Son désir de vaincre le fascisme, c'est-à-dire cette forme d'hyper militarisme outrancier et de nationalisme poussé à l'extrême, de haine des autres, de soif de domination, de cruauté, et surtout l'impossibilité de voir son pays et sa capitale occupés par les hordes hitlériennes, l'avaient poussé à rejoindre De Gaulle le plus vite qu'il lui fut possible…

Après avoir planté le drapeau tricolore en haut du nid d'aigle de Hitler à Berchtesgaden, après les réjouissances qui suivirent, dès qu'il le put, il se dégagea de l'armée et retourna à Paris auprès de ses parents, content de retrouver les siens et ses habits civils.

Comme s'il avait voulu s'accorder un répit, pendant plus d'un an, il vécut en dilettante de flâneries dans Paris et de petits boulots. Il allait souvent aux halles aider à décharger les camions, était quelquefois coursier ou livreur. Il aidait particulièrement ses parents dans les tâches pénibles de manutention car ils tenaient toujours l'épicerie « Félix Potin » du coin de la rue Cavalotti dans le dix-septième arrondissement.

Puis, son patriotisme revenant au galop, il se dit qu'il fallait produire de la nourriture pour que la France puisse se sortir des difficultés d'approvisionnements qui perduraient dans l'immédiat après-guerre…

Je soupçonne les petites annonces du « Chasseur Français » d'avoir été l'instrument de la rencontre de mes parents…

C'était le seul journal que nous recevions à la ferme. Il était épluché par chacun d'eux presque religieusement.

D'un autre côté, mon grand-père maternel, gazé en quatorze, essoufflé aux moindres efforts, était dans l'impossibilité de continuer à travailler. Sa fille avait besoin d'un homme non seulement pour tenir la ferme, mais aussi pour obéir aux lois biologiques comme toute femelle a besoin d'un mâle. Eux qui régulaient la reproduction de leur cheptel étaient bien placés pour l'appréhender.

C'est ainsi que ce parisien baroudeur et dilettante devint fermier en épousant notre mère et… sa ferme ! Sa femme et son beau-père s'occupèrent de sa formation de paysan par une pratique journalière, c'est-à-dire sur le tas. Leur réussite fut complète car mon père devint l'agriculteur le plus avisé.

Cette exploitation agricole était située à flanc de côteau dans la vallée du Clignon. Cette petite rivière au débit abondant descendait des plateaux pour creuser son lit au milieu de marais plantés de peupliers. Elle les inondait largement en hiver, notamment en février. Sur les côteaux, s'étendaient les pâtures destinées au bétail ; sur le plateau étaient les terres agricoles.

Une complicité certaine me liait à mon père. Tandis que mon frère de deux ans mon aine, le défiait souvent, voire l'affrontait, un désir d'apprendre à son contact, m'incitait à rechercher son amitié.

Souvent, le dimanche, nous partions dans le petit jour pour « une partie de chasse » me disait-il. Un brouillard s'élevait des marais. Nous avions mis des bottes, détaché les deux chiens. Il avait son fusil de chasse ouvert sur son épaule droite, des cartouches autour de la taille. Je l'accompagnais pour le plaisir d'être avec lui. Nous descendions la route pour prendre un large chemin qui suivait la rivière au-dessus du marais. Il me parlait à mi-voix de sa jeunesse, du désert, de la prise de Koufra en Libye, son baptême du feu. Un peu plus loin, il se taisait, armait son fusil :

- Allez les chiens !

Les chiens qui nous avaient suivis sur les talons, jappaient de plaisir en s'enfonçant dans les broussailles du marais. Quand ils débusquaient du gibier, faisan ou lapin, ils avaient des petits aboiements caractéristiques qui nous prévenaient.

Quand il avait tué un lapin ou un faisan, il enlevait les cartouches et remettait son fusil sur son épaule et nous continuions notre promenade en parlant. Nous pouvions rester en bas dans le chemin du marais ou, au contraire, remonter par les bois sur le plateau des terres agricoles vers Courchamps. Là, un lièvre dans son gîte, parfois une biche et son faon cachés parmi des fanes séchées de maïs, détalaient à toute vitesse pour échapper aux chiens et mon père souriait de la beauté du spectacle en gardant son fusil sur l'épaule.

Je me souviens comme s'il me les avait racontées hier de toutes nos conversations, de mes questions qui le forçaient à entrer dans les détails de son épopée. Je ne pensais pas du tout à l'époque en être le dépositaire.

Comme il est normal, la vie nous éloigna l'un de l'autre. Après mes années de lycée comme pensionnaire, j'entrais en faculté de médecine à Reims. Plus tard, mes responsabilités à l'hôpital, les gardes, ne me permettaient de retourner dans mon village que deux ou trois fois par an pour embrasser mes parents.

Un cancer terrassa ce rock qu'était mon père en à peine un an malgré les différentes thérapeutiques. Il avait seulement soixante-sept ans. Nous l'accompagnâmes après la cérémonie religieuse à sa dernière demeure. Tout le village était présent ainsi qu'une délégation des anciens combattants et du drapeau de la deuxième DB, croix de Lorraine sur les trois couleurs...

Je me réveillais le lendemain des obsèques, la tête lourde. Toute la nuit, les récits en ordre dispersé de mon père m'avaient hanté. J'entendais encore sa voix grave et douce. Je ne sais pourquoi, je décidai d'enfreindre l'interdiction. J'entrai dans la sacro-sainte salle à manger. Quelle ne fut pas ma surprise ! Le tableau de « La femme et l'enfant » avait disparu… Déjà ! Il ne restait à sa place qu'une trace pâle et poussiéreuse qui contrastait avec l'ensemble de la tapisserie murale. Ma stupeur fut tellement grande que je n'osai en demander les raisons à ma mère. L'importuner dans ces circonstances de deuil et de peine profonde me parut trop cruel.

Mais, je cherchais à comprendre toute l'importance qu'avait pris « cette femme et son enfant » dans la relation maritale et amoureuse de mes parents.

Pour mieux l'appréhender, je me promis de reprendre dans l'ordre chronologique l'épopée guerrière de mon père… J'avais l'impression d'en être le dépositaire.

La genèse

« En juin quarante, quand j'ai vu les nazis défiler Avenue Foch, passer autour de l'Arc de Triomphe, puis descendre l'avenue des Champs Elysées, outre mon envie de pleurer, de crier ma rage, j'ai compris que je ne l'admettrais jamais ! Ce fut un choc ! Une horde sauvage aux visages graves, casques sur la tête, fusil d'assaut contre le corps, défilait triomphante et fière. Leurs bottes résonnaient sur les pavés de l'Avenue adorée des Parisiens.

« Je l'avoue : mon premier sentiment fut la peur. J'étais terrifié ! Revenu de ma surprise, je compris que tel était leur but : Montrer leur force et régner par la terreur ! J'avais les larmes aux yeux. Je cherchai aux alentours des pierres pour leur balancer sur la figure avant que la raison me revienne et reprenne le dessus. Je regardai autour de moi comme pour implorer une aide : Il n'y avait personne sur qui compter ! Personne à qui confier mon désarroi… La grande Avenue était déserte et les quelques passants s'empressaient de disparaître pour ne pas voir l'abominable réalité. »

« Je n'avais pas encore dix-huit ans. J'aurais dû passer mon bac ce mois-là si la guerre n'avait pas tout arrêté et fait s'enfuir la plupart des Parisiens vers le Sud. Le dos voûté, accablé, je décidai de rejoindre le magasin de mes parents en marmonnant ma détresse.

A chaque coin de rue, j'apercevais le drapeau nazi à croix gammée. Ils flottaient impudents et terribles sur tous les édifices publics de la ville. Les rares passants courbaient le dos et chaque visage exprimait un immense désarroi.

De folles pensées agitaient mon cerveau en furie : Un mois de débâcle de son armée devant les forces motorisées du troisième Reich, et la France était finie ? Morte ? Kaput ? Alors, qu'en serait-il de notre liberté ? De notre culture, de nos grands philosophes ? De Voltaire et de Rousseau, de Victor Hugo, de Verlaine et Rimbaud. Tous ces grands morts reposant au Panthéon devaient se retourner dans leurs tombes ! Les nazis les considéreront-ils comme décadents ? J'avais vu au cinéma des actualités montrant les sections d'assaut hitlériennes (S.A) brûler des montagnes de livres d'auteurs allemands et étrangers considérés comme décadents ou dégénérés. Feront-ils un autodafé de notre culture comme ils ont fait de leur grande littérature allemande, non seulement Marx et Engels, mais aussi de Freud, Thomas Mann, Stefan Zweig, Erich Maria

Remarque et bien d'autres considérés comme « contraire à l'esprit allemand » du moins selon l'opinion de Goebbels et de Hitler ! …

Non, ce n'était pas possible… Ma raison de lycéen ne pouvait l'admettre… Non, les nazis ne pouvaient pas annuler des siècles de culture française et de combat pour la Liberté… Ces bruits de bottes résonnant sur les pavés de la ville lumière n'étaient que provisoires…

« Je cheminais ainsi à travers les rues presque désertes. Les rares êtres humains aux visages inquiets fuyaient mon regard en s'empressant de rentrer chez eux. Je comprenais que, sous cette chappe de plomb, la douceur de vivre, la liberté, la joie, la gaité n'existeraient plus. C'était avant ! Le monde avait brusquement changé… Il ne restait plus que le règne de la force, de la brutalité, de l'iniquité, de l'obscurantisme, de la haine, de la cruauté et de la bêtise.

Non, encore une fois, si je n'étais pas un lâche, il ne m'était pas possible de l'admettre !

Que faire ? Je pleurais d'impuissance. Comme un enfant, je trépignais, j'avais envie de donner des coups de pied ! Mais contre qui, contre quoi ? Contre les murs ?

« Je rentrai chez moi. Les rideaux du magasin « Félix Potin » de mes parents étaient baissés. Je passai par le porche. Je trouvai mon père et ma mère accablés dans la cuisine, inquiets pour leur avenir. Les rayons étaient vides. La pénurie était déjà installée… Néanmoins, ils espéraient une livraison de la maison-mère dès le lendemain. Dans ce cas, ils pourraient lever le rideau car la vie continuait et leur rôle était d'essayer d'approvisionner leur clientèle. Ils tenteraient de vivre comme si « les boches » n'étaient pas là. Ils n'avaient pas le choix !

Sur le coup, je comprenais et j'approuvais… Que faire d'autre ? On était devant une réalité, un fait accompli qu'aucun individu ne changerai du moins dans le temps présent !

La soirée fut triste. J'étais silencieux, à mille lieux dans mes pensées, dans l'impossibilité de trouver une solution à mes dilemmes, dans l'indécision la plus complète. Mon père ressassait par instant le souvenir de tous ses camarades sacrifiant leur vie dans les tranchées, pour en arriver là : Les nazis dans Paris !

Ma mère se taisait. Elle pensait à mon frère Eugène dont on n'avait pas de nouvelles depuis plus d'un mois. Était-il prisonnier comme des milliers d'autres… ou mort ? A cette évocation, deux larmes perlaient au coin de ses yeux qu'elle épongeait en cachette, car elle ne devait pas faillir devant nous et montrer sa détresse.

Il était mécanicien dans l'aviation et des gens bien informés disaient que le reste de notre force aérienne, celle qui n'avait pas été détruite par l'ennemi, avait été évacuée à Alger pour ne pas tomber dans les mains des Allemands !

- Je ne vais pas dormir de la nuit ! Voulez-vous une infusion ? proposa-t-elle.

Mon père aurait préféré un peu de cognac. Mais, il répondit :

- Va pour une tisane !

Je participai à ce rituel et montai me coucher…

La nuit porte conseil, dit-on… Surtout quand on ne dort pas malgré tous les tilleuls du monde. Car, je les voyais et les revoyais encore sur les Champs Elysées ; j'entendais dans mes oreilles résonner le bruit de leurs bottes sur les pavés de l'Avenue. Quels cauchemars ! Je mélangeais tout ça avec leurs « Heil Hitler » le bras tendu et tous les rassemblements nazis de Nuremberg !

D'un seul coup, le jour s'éclaira et, avec lui, une lueur fusa dans ma tête. Puisque je ne les souffrais pas dans notre capitale, qu'il m'était impossible de les chasser pour l'instant, je partirai… Pour ne plus les voir, mais aussi, pour rejoindre d'autres combattants et revenir en vainqueur… ou périr. Ma décision fut prise en un quart de seconde… Rien ne m'en empêchera, pas même les quelques larmes de mes parents…

Il est des décisions de jeunesse qui engagent toute une vie. Certains la murissent pendant des jours et des jours, d'autres ne la prennent jamais. En ce qui me concerne, mon engagement fut pris en un clin d'œil parce que tout mon être était tendu vers l'inacceptation de la présence des nazis dans Paris.

Ma mère m'attendait. Le café fumait déjà dans mon bol. Je l'embrassai et m'asseyais à la table. Je n'osai la regarder en dévorant mes tartines… Comment lui dire ? Je n'avais pas envie de la voir pleurer.

J'allai voir mon père qui rangeait la réserve. J'avais choisi de lui déclarer directement ma résolution :

- Papa… Je me dois de partir !

- Où ? Pourquoi ? Fut d'emblée sa réponse, comme s'il s'y attendait…

- Je rejoindrai Londres pour combattre les envahisseurs ; et avec d'autres, Britanniques et tous les hommes de bonne volonté épris de liberté, j'entrerai un jour en vainqueur dans Paris...

Mon père accusa le coup. Il s'assit sur un casier de bouteilles, passa la main sur son front, essuya les gouttes de sueur qui perlèrent à son front avec son mouchoir à carreaux et me déclara :

- Pourquoi vas-tu te mêler de ça ? N'a-t-on pas assez de malheur avec ton frère dont nous n'avons pas de nouvelles… Crois-tu que tu vas changer le monde ? Quand tu auras tué quelques braves paysans bavarois ou piémontais, crois-tu que tu auras œuvré suffisamment pour éradiquer les effroyables théories du Führer ?

- Je ne peux pas rester et chaque jour subir l'humiliation de voir occuper et martyriser ma ville natale par les casqués !

- Et ta mère ? Tu y as pensé à ta mère, elle qui se soucie déjà tellement pour ton frère ?

- Je sais, je m'en vais sans rien lui dire.

- Vous, les jeunes, vous croyez que vous pouvez changer le monde. Mais hélas ! La preuve en est faite, après deux pas de progrès, nous retombons immanquablement dans la barbarie et les hécatombes... Va-s'y si tel est ton destin, mais arrange-toi pour revenir en vainqueur et surtout en entier !

Je lui sautai au cou et le serrai très fort dans mes bras. Puis, les larmes aux yeux, je sortis par l'arrière du magasin.

J'avais un très bon copain, Norbert. J'aimais son enthousiasme, son humour et son dynamisme... Nous nous étions rencontrés en sixième et le hasard ne nous avait jamais séparé. Nous aimions le sport et les mathématiques, regarder les filles et philosopher...

En terminale, nous discutions souvent de politique ; les évènements nous y obligeaient. Nous étions plutôt idéalistes et dans le contexte, pacifistes et antimilitaristes. Nous pensions que le genre humain formait un ensemble, que nous étions tous frères et égaux. Hitler n'était qu'un accident de l'histoire et nous faisions confiance au peuple allemand pour le neutraliser et le chasser. Les évènements reléguèrent peu à peu nos belles utopies.

J'avais envie de voir cet ami avant de partir pour le prévenir et peut-être, dans le secret espoir, de l'entraîner dans ma grande aventure. Avec lui, elle deviendrait un feu de joie !

Il habitait dans un appartement cossu de la rue de Moscou au troisième étage, à deux pas de la Place Clichy. Son père était professeur, rue d'Uhl. Ils étaient de ceux qui avaient choisi de rester à Paris malgré l'avancée des troupes allemandes.

Je lui annonçai ma décision et l'invitai d'emblée à partir avec moi…

Il tenta de repousser mon départ. Il voulait que je lui accorde quelques jours de réflexion.

- Pourquoi demain ? Et pas la semaine prochaine ?

- Il faut profiter de la désorganisation… Les forces d'occupation s'installent seulement. En prenant le train Gare d'Austerlitz nous risquons d'arriver à la frontière espagnole, je ne dirai pas sans encombre, mais assez facilement.

- Non, je ne peux pas… Je sais que dans ces circonstances, on ne peut pas demeurer pacifiste… Mais, je ne suis pas préparé à combattre ! Et puis, il y a un tas de contingences… mes parents… As-tu pensé à Florence… Vas-tu la prévenir ?

Florence était notre bonne amie. Notre plaisir était de la raccompagner jusqu'à sa porte. Parmi la dizaine de « filles » que comprenait notre classe de terminale, elle était la plus jolie. Grande et élancée, brune aux cheveux longs, elle portait toujours des tenues élégantes, des robes légères et courtes qui laissaient deviner des genoux désirables. Quand elle était interrogée, même le professeur retenait son souffle. De son pas de reine, elle rejoignait le tableau ; c'était pour nous un moment délicieux. Nous admirions ses jambes fines gainées de bas nylon sur des chaussures à talons mi-hauts et suivions les mouvements de son corps, l'oscillement de sa taille fine et de son bassin comme si on les enregistrait définitivement sur un film pour qu'une si belle scène ne soit à jamais perdue.

Nous la considérions comme un être rare et nous n'aurions jamais osé l'aborder… C'est elle qui nous proposa un jour :

- Je peux me joindre à vous ?

Notre surprise fut si grande que nous balbutièrent notre approbation. Depuis ce jour nous la raccompagnâmes chaque soir en discutant de différents sujets aussi variés qu'étonnants.

Le désir sexuel avec ses secrets et ses interdictions est pour l'être humain un sujet constant de préoccupations, voire un petit enfer personnel. Depuis l'onanisme inavouable et inavoué, sujet d'une honte secrète et de remords, l'être humain tend à évoluer vers une sexualité accomplie qui le pousse à découvrir l'âme sœur du sexe opposé.

Pour essayer de satisfaire cette curiosité naturelle, nous nous amusions à fréquenter les quartiers chauds de la capitale. La peur des maladies et la faiblesse de notre argent de poche nous en écartaient rapidement mais cette visite outre son côté ludique, nous prouvait qu'une sexualité tarifée, bien que sujette à opprobres, était possible.

L'autre moyen, plus dans les normes, était d'entrer en contact avec des filles, leur parler, les courtiser. Florence nous en offrait la possibilité. Le premier pas était franchi… Quand s'imposerait le deuxième ? Nous étions deux fous à se demander lequel serait l'élu ?

Ce fut en février 1940 pendant la drôle de guerre. Norbert était grippé et je la raccompagnai, seul. Une sorte d'intimité se créa… Arrivée devant sa porte, elle me proposa de monter chez elle pour résoudre une équation sur laquelle elle échouait.

Je la suivis. Elle me présenta rapidement à sa mère :

- C'est l'un de mes amis dont je t'ai déjà parlé. Puis-je l'emmener dans ma chambre pour résoudre un problème de mathématiques.

L'appartement était vaste, délicieusement meublé et décoré de tapisseries et de tableaux de maître. Sa mère était très belle, assez gironde et si les usages l'avaient permis, elle m'aurait bien plu. L'autorisation fut donnée et je perçus dans le ton de la dame comme une pointe de mépris signifiant que ce gamin ne représentait aucun danger pour la moralité ou la virginité de sa fille…

Cette chambre de jeune fille était vaste et bien chauffée. Un grand bureau encombré de livres la meublait ainsi qu'un lit d'une place qui paraissait par contraste ridiculement petit.

Elle approcha deux chaises près du bureau. Nous nous frôlions. Je n'eus aucune peine à résoudre l'équation et à glisser ma main contre sa taille. Je sondai son regard. Il était dans l'attente de notre premier baiser. Nous nous levâmes, nous nous serrâmes très fort et, tout naturellement nous nous écroulâmes sur le lit. Mes doigts caressants explorèrent ce corps sublime, la finesse de sa taille, la rondeur de ses petits seins. Ses mamelons se dressèrent ; son corps vibra, trembla sous mes doigts. De petits cris tantôt très doux tantôt plus intenses comme des plaintes sortirent de sa gorge et ses baisers devinrent subitement sauvages et gloutons comme si elle avait voulu me dévorer. Je tentai alors de franchir l'élastique de la petite culotte. Ce fut comme une douche froide. Elle se leva brusquement :

- Je crois qu'il vaut mieux en rester là ! C'est assez pour aujourd'hui… Je n'ai pas envie d'être enceinte… Et, dans notre milieu, d'après ma mère, une jeune fille se doit d'arriver vierge à son mariage !

Telle fut ma première expérience amoureuse. J'étais tout étourdi et déçu. Bien sûr, je m'y attendais un peu…

C'est dans cet esprit que je me rendis chez elle la veille de mon départ !

Je sonnai. C'est elle qui vint m'ouvrir. Un sourire de bon augure s'épanouit sur son visage.

- Tu tombes bien. Ma mère est sortie… Quel bon vent t'amène ?

- Le vent de la défaite et de la présence des nazis dans notre ville !

- Oui ! C'est affreux ces bruits de bottes ! Que faire ?

- Je voulais te prévenir. Je pars demain pour rejoindre Londres et continuer le combat !

Un silence oppressant marqua son étonnement.

- C'est vrai ? Quel courage ! Ainsi tu t'en vas ? Tu n'as pas peur !

- Non ! Je ne peux pas les souffrir ici ! Je pars… pour mieux revenir en vainqueur !

Ses yeux sondèrent mon regard. Ils s'éclairèrent soudain et une admiration intense les envahirent… Un sourire illumina son visage. Elle fit :

- Mais alors, ça change tout ! Tu n'es plus le gamin aux classeurs d'écolier mais bientôt un courageux guerrier qui affronte la mort avec courage !

A ses mots, je bombai le torse dans une attitude virile. Elle prit ma main, la baisa, la porta sur son cœur, puis doucement m'entraîna vers sa chambre… Elle dit :

- Cette décision courageuse change tout et mérite la sublime récompense !

Nous tombâmes sur le lit et après de longs baisers, de sublimes caresses, le franchissement de l'élastique ne fut plus un obstacle…

Le départ

« Je profitais du sommeil de ma mère pour partir de bonne heure dans le matin gris. J'embrassai mon père. Il me glissa un pécule dans la main et m'aida à hisser mon sac à dos pourtant léger.

- Tu es sûr… Tu t'en vas ? Pourtant, hier, le Maréchal… Pétain a demandé de cesser le combat. Un accord sera trouvé avec l'occupant… Des pourparlers d'armistice se déroulent actuellement entre les deux parties…

- Oui ! C'est une défaite ! Elle est complète et nous place sous la dépendance des nazis. Dans ces conditions, elle ne peut être que provisoire… Non ! Paris sera libéré de la férule des hordes hitlériennes…

Sans attendre de réponse, sans même le regarder de peur de le voir pleurer et pour ne pas me laisser attendrir, je sortis dans la cour et franchis le portail.

La rue était calme. Un fin brouillard s'élevait du canal Saint-Martin, présageant d'une belle journée de juin. Des pensées contradictoires s'agitaient en mon for intérieur : La tristesse de quitter mon foyer familial, et l'allégresse de partir à l'aventure pour lutter et délivrer mon pays, mon Paris des nazis… A chaque carrefour étaient installées des pancartes en Allemand. Deux casqués passèrent en side-car vert-de-gris en pétaradant. Je haussai les épaules en souriant et en marmonnant entre mes dents : « Attendez un peu ce que vous allez prendre ! » Je descendis les avenues à grandes enjambées enthousiastes et franchis la Seine.

Un large drapeau à croix gammée flottait comme une insulte sur le fronton de la gare d'Austerlitz. Il renforça ma détermination.

Un train bondé de voyageurs arrivait d'Orléans. Des familles, femmes, enfants et grands-parents en descendirent chargés de bagages divers. On les sentait fatigués mais heureux, impatients même, de retrouver bientôt leurs toits.

Les trains recommençaient à rouler… Les gens rentraient chez eux.

J'étais le seul à vouloir aller dans l'autre sens. Je consultai le tableau d'affichage. Aucun départ n'était prévu pour l'instant. Je m'adossai contre le mur, assis sur mes talons. J'y jetai un coup d'œil de temps en temps. Au bout d'une demi-heure, je m'impatientais. Je me disais déjà :

- Cela débute mal !

Un jeune homme, genre titi parisien, blond, échevelé avec la casquette de travers faisait les cent pas. Il jetait un coup d'œil furtif dans ma direction, puis regardait en l'air. Je me dis :

- Tiens ! Un gars comme moi à l'allure de conspirateur qui s'évade de la capitale…

Et, je lui fis :

- Hé toi ! Salut !

- Salut, toi ! Qu'est-ce que tu fous là ?

- Je pars en vacances chez ma grand-mère à la frontière espagnole !

- Toi aussi ? Ce n'est pas encore une épidémie mais ça le deviendra ! Tu as entendu l'appel à la radio de Londres ?

- Non !

- Un certain De Gaulle ! Connais pas… Mais, il dit que le combat continue… Que les braves doivent le rejoindre à Londres…

Il s'assit sur ses talons à côté de moi… Après un moment de calme, il reprit :

- Les fachos au cœur de la France ! C'est honteux… tout simplement inadmissible ! Tu crois qu'on aura un train aujourd'hui ?

- Oui, dans notre cas, il faut être patient… Si on ne part pas aujourd'hui, on s'en ira demain. La bataille sera longue mais on la gagnera… La liberté triomphe toujours !

J'avais envie de connaître ce gaillard, amical et optimiste. J'étais dès lors persuadé qu'avec lui, notre aventure deviendrait une partie de plaisir.

- Comment tu t'appelles ?

- Éric ! Et toi ?

- Louis ! Où tu crèches ?

Il remonta sa casquette avec le doigt comme s'il voulait forcer son personnage :

- Ménilmuche… Fit-il, en forçant son accent. Ça se voit ! Non ? Et, toi ?

- Place Clichy !

- Ouais, c'est bath ! Toi, tu fais bourge sur les bords… T'as des mains de jeune fille ! Lycéen ?

- Oui, lycée Henri quatre ! Toi ?

- Ouvrier chez Renault, Boulogne Billancourt !

- Je vois !

- J'étais sur la chaîne de fabrication des chars Renault « FT ». Tu connais ?

- Oui ! J'en ai vaguement entendu parler…

- On le dit très efficace sur le champ de bataille ! Alors, les boches vont nous réquisitionner ! Il est hors de question que je travaille pour eux. Je me sauve avant qu'il ne soit trop tard.

Le tableau d'affichage bougea. On y lisait des tas d'annulation. Mais, ô surprise ! sur la dernière ligne, quai numéro trois, un train pour Hendaye était programmé à onze heures trente ! Nous nous tapâmes dans la main comme deux vieux amis sans trop montrer notre joie… par discrétion, sait-on jamais !

Vers le Sud

Cet express prenait son temps, multipliait les arrêts dans les petites gares. Le soir à Poitiers, il fut mis sur une voie de garage pour une mystérieuse raison, puis repartit dans la nuit.

Ce long voyage aurait pu être ennuyeux. Mon compagnon sut l'agrémenter par le récit de ses exploits et de ses farces qu'il prodiguait dans son quartier à Ménilmontant, des filles qu'il fréquentait dans les guinguettes et dont il était amoureux. Lorsqu'un arrêt se prolongeait, il courait au buffet chercher une grande bouteille de bière qu'on partageait. Un peu éméché, nous nous mîmes à chanter les refrains des derniers succès à la mode de Berthe Sylva ou de Jean Sablon… Puis nous cherchâmes un compartiment vide pour nous allonger sur les banquettes et dormir.

Nous nous réveillâmes au petit jour à Pau. Il faisait doux. On sentait que le soleil avait l'intention d'être chaud. L'atmosphère printanière nous incita à descendre du train et à nous promener dans la ville.

Un groupe de soldats désarmés et joyeux, mal rasés, certains un peu éméchés, venaient à notre rencontre. Nous les examinâmes, étonnés.

- La guerre est finie ! Nous retournons chez nous ! étaient leurs cris unanimes.

Devant nos visages étonnés, l'un d'eux précisa :

- L'armistice a été signée hier dans la clairière de Rethondes ; nous sommes démobilisés !

Et le groupe entonna une chanson joyeuse.

Nous avions envie de leur crier : Il faut continuer le combat ! Vous ne voyez pas que la France va être la vache à lait de l'Allemagne, que les nazis vous transformeront en esclave du troisième Reich !

Mon compagnon me dit :

- Laisse-les… Ils sont heureux de rentrer chez eux. Demain ils déchanteront et les meilleurs nous rejoindront !

Leur enthousiasme était profond… Cette vague humaine était si forte qu'elle nous communiqua son allégresse.

- Profitons de ces rayons de bonheur et vivons cette journée comme si c'était la dernière… Cherchons une auberge où un plat du jour pourrait calmer notre faim.

Dans la ville basse un mastroquet arborait une enseigne : « Au vert galant. »

- Nous sommes dans la capitale du roi de Navarre, réputé pour aimer la bonne chair !

La grande salle voûtée était pleine de trouffions en délire. Nous nous glissâmes au bout de la grande table et le patron consentit à nous servir ses saucisses aux lentilles dont nous nous régalâmes.

Les conversations allaient bon train. Certains affirmaient que la France serait divisée en deux, d'autres n'y croyaient pas. Tous louaient le Maréchal qui avait su cesser les hostilités.

Nous nous taisions devant ce mur de naïvetés. Nous avions envie de leur crier que Hitler était arrivé à ses fins : Mettre la France à genoux pour exploiter ses richesses et continuer la guerre contre les Britanniques… Mais nous savions qu'il était impossible de les convaincre…

Un peu désabusés, nous décidâmes de continuer notre voyage vers Londres. La gare était pleine de soldats attendant désespérément un train. Celui pour Saint-Jean Pied-de-Port était à quai. Un seul regard à mon compagnon suffit pour le décider. Nous nous frayâmes un chemin parmi la foule, escaladâmes le marchepied et restâmes debout, serrés contre d'autres passagers dans le couloir, faute de places assises. Dans ces conditions, le trajet fut assez pénible. Il en fallait beaucoup plus pour nous décourager.

A Saint-Jean-pied-de-port, l'ambiance était la même qu'à Pau. Des groupes de soldats désarmés promenaient leur joie dans les rues, à croire que toute l'armée française s'était réfugiée dans les Pyrénées…

Il était trop tard pour les franchir à cette heure avancée du jour, et plus raisonnable d'attendre le lendemain.

Nous n'étions pas des touristes et pourtant nous admirâmes les rives de la Nive et ses jolis ponts de pierre qui la franchissaient. Nous pénétrâmes dans la ville par la porte Saint Jacques et dans la rue pavée et étroite parée de vieilles demeures, nous trouvâmes tout de suite une auberge pour y passer la nuit.

Après la nuit chaotique passée dans le train, nous étions heureux d'être déjà au pied des Pyrénées. Nous avions profité de la complète désorganisation des autorités pour nous glisser à travers cet imbroglio…

Nous étions conscients que l'étape prochaine serait éprouvante sur le plan physique, mais pressés de l'affronter avec courage. La seconde appréhension était l'accueil de l'Espagne. N'étaient-ils pas les alliés idéologiques de Hitler ?

Ces questions ne nous empêchèrent pas de dormir, et, le lendemain après un bon petit-déjeuner nous attaquâmes les premières pentes pyrénéennes…

Nous sortîmes de la ville par la porte d'Espagne, passâmes sur le pont de la Nive. Un fin brouillard montait des prairies. Le ciel nous promettait une belle journée. La fraîcheur du matin nous incitait à allonger le pas malgré la forte pente. C'était la première fois que je me trouvais parmi des montagnes aussi hautes. J'étais subjugué par la beauté des vertes prairies, par les torrents qui dévalaient en abondance des hauteurs, par les rocs et les rochers qui nous entouraient de toutes parts, par le pittoresque des paysages et des points de vue.

Nous atteignîmes assez rapidement la ferme-auberge d'Orissson. Là, mon compagnon me dit :

- Rien ne sert d'aller si vite. Nous ne savons pas ce qui nous attend à la frontière et si nous la franchirons sans encombre ! Quelle sera la réaction de la maréchaussée en Espagne ?

Nous nous reposâmes en cassant la croûte… Mon compagnon réfléchissait, puis il dit :

- Pourquoi la guerre ? Celle-ci, on peut comprendre les raisons immédiates c'est-à-dire la suite de misères que subit le peuple allemand après la défaite de 1918, le traité de Versailles qu'ils qualifièrent de honteux, qui incita une partie des Allemands à croire dans les théories haineuses, racistes et revanchardes de cet Adolf de malheur. Mais pourquoi toutes ces guerres depuis la nuit des temps ?

- J'ai longtemps cru que nous étions tous frères, qu'après l'hécatombe de la dernière, l'humanité avait compris… Qu'il n'y aurait plus jamais de guerre ! La « der des der » des poilus, quoi ! Force est de constater qu'il n'en est rien. Déçu, j'ai cherché une autre explication. Je te livre le fruit de mes réflexions. Elles valent ce qu'elles valent, c'est-à-dire certainement pas grand-chose ; il y aura toujours des guerres parce que : c'est écrit !

Mon interlocuteur marqua son étonnement et pouffa de rire :

- Qu'entends-tu par : « C'est écrit ? »

- Oui ! Ecoute ! Adam et Eve eurent deux enfants. Caïn tua son frère Abel par jalousie. Celui-ci n'eut pas de descendance, par conséquent, nous sommes tous les descendants de Caïn : Le fratricide. Nous sommes condamnés à cette abomination qu'est la guerre entre peuples frères… Les descendants de Caïn sont tous des fratricides ! Et, c'est parce que « c'est écrit » que nous voulons rejoindre Londres !

- Je n'y crois pas à ta théorie ; elle me parait trop simpliste… de même… je ne croirai jamais à la der des der… Mais, après tout, ton explication toute théorique a le mérite de s'approcher de la vérité… Elle est naïve et très pessimiste ! Je préférerai croire qu'un jour l'humanité devenue enfin raisonnable résoudra ses problèmes par la négociation et la justice…

- Oui ! On peut toujours rêver… C'est réconfortant !

A cet instant du récit, l'auteur se souvient du visage de son père, serein, déterminé, héroïque. Celui-ci continua de sa voix grave et douce le récit de ses aventures. Des larmes d'émotion perlèrent aux yeux de l'auteur. Il décida de prendre du recul en changeant le « nous » par « ils » comme si son père (Louis) et son compagnon (Éric) étaient des combattants sans liens avec lui…

Ils reprirent le chemin. Des vaches rousses broutaient dans les près. Le soleil devenait chaud. Ils transpiraient à grosses gouttes dans les fortes pentes sans ralentir le pas.

Plus haut, ils aperçurent un troupeau de moutons, paissant l'herbe verte et abondante dans une pente abrupte. Deux chiens les gardaient. La bergère, assise sur le haut d'un rocher, leur fit un signe d'amitié en les apercevant auquel ils s'empressèrent de répondre.

A midi, ils étaient au col de Bentarte. Une borne marquait la frontière entre les deux pays. Ils furent étonnés de ne voir ni aucun militaire ou homme en uniforme et s'en réjouirent. Ils suivirent un moment la ligne de crête qui séparent les deux pays puis se décidèrent à casser la croûte dans la quiétude du lieu.

Une succession de sommets se déroulaient à l'infini en-dessous d'eux. Le ciel restait clément. Une fine brume de chaleur montait de la vallée. D'anodins stratus commençaient à voiler l'azur du ciel. Ils se reposèrent un instant, satisfaits d'avoir vaincu leurs premières difficultés. La descente ne serait plus qu'une partie de plaisir.

Ils se remirent en route sur la ligne de crête et atteignirent bien vite le col Lepoeder.

- On dit que c'est dans ces parages que l'arrière-garde de Charlemagne dirigée par Roland fut décimée par de vaillants montagnards en 778.

Son compagnon ne répondit pas, absorbé qu'il était par l'examen de la descente.

- Tu as vu ? C'est raide !

- Oui, nous serons vite à Roncevalles !

Ils l'attaquèrent sans se hâter. Elle traversait une forêt de hêtres qui les protégeait de la chaleur du soleil.

Plus bas, au détour d'un virage, ils aperçurent parmi les arbres les toits de lauzes grises du monastère avec en son milieu la flèche de son église.

- Tu as vu comme c'est beau !

- Oui, on arrive…

Ils laissèrent éclater leur joie, mais se reprirent aussitôt en songeant à l'accueil bon ou mauvais qu'on leur prodiguerait…

Ils descendirent. Le chemin les emmena directement au monastère.

La porte monumentale de chêne sombre, patiné par les siècles, était fermée. Louis frappa avec le heurtoir de fer réservé à cet usage. Une tête chenue apparut par la petite porte latérale. Nos deux marcheurs restèrent muets devant le petit moine au teint pâle, ne sachant en quel langage s'exprimer. Celui-ci résolut leur dilemme en prononçant :

- Vous êtes les bienvenus ! d'une voix caverneuse dans laquelle on pouvait entendre le reste d'un accent tonique castellan.

Il se poussa pour les laisser entrer, referma soigneusement la porte et leur montra le chemin vers les douches contigües à une immense salle voûtée qui servait de dortoir. Il ajouta, sentencieux :

- Au moins, ici, vous êtes en sécurité. La gardia civil ne viendra pas vous y chercher !

Et, plus incisif :

- Bon ! La douche est obligatoire ! Pour le diner, l'auberge du village sert un excellent repas du pèlerin.

Ils se regardèrent en souriant. Pour un soir, ils étaient des pèlerins…

Quel destin leur réserverait-on le lendemain ?

La Gardia Civil

Malgré le confort très spartiate des couchettes, ils dormirent à poings fermés, et ne se réveillèrent qu'au petit jour. Ils s'habillèrent et après une toilette succincte se présentèrent à la sortie. Le même moine leur ouvrit la porte :

- Bonne route et que Dieu vous garde… Je vous conseille de prendre le petit chemin des pèlerins bien plus discret que la route.

Il était si tôt que l'auberge du village était encore fermée. C'est le ventre vide qu'ils attaquèrent le chemin. Il serpentait en descendant en pente douce derrière les maisons et les jardins. Des mares d'eau boueuse les obligeaient à sauter par-dessus pour ne pas se mouiller les pieds. Une faim les tenailla rapidement et ils accélérèrent le pas dans le but d'arriver dans un bourg pourvu d'une auberge.

Ils aperçurent bientôt Zubiri. Ils revinrent sur la route pour ne pas louper le café, franchirent le rio Arga par « el puente de la rabia. » Tout de suite après, l'albergue « El palo de avellano » s'offrit à eux. Ils escaladèrent quelques marches et entrèrent dans la grande salle.

L'assemblée d'une dizaine de personnes se tut quelques instants en les voyant. Mais les conversations reprirent de plus belle dans une atmosphère sombre et enfumée par du tabac brun très fort.

Ils s'installèrent à une petite table dans le fond. Elle leur parut la plus discrète. Au bout d'un instant la patronne très ronde et au visage jovial en pleine lune vint prendre leurs commandes. Elle leur parla dans un français hésitant mais compréhensible.

- Café, pain et tortillas, por favor, furent leur réponse immédiate et empressée.

Leur plan était simple. Ils seraient bientôt à Pampelune. De là, ils prendraient le train pour Madrid, puis pour Lisbonne.

Tandis qu'ils se régalaient, un garde civil en uniforme, à l'étonnant chapeau biscornu, vint se désaltérer au comptoir. Il ne parut pas les remarquer. Il s'essuya les lèvres d'un revers de la main et sortit à leurs grands soulagements.

Ils remercièrent, payèrent et s'esquivèrent. Au premier virage, une voiture de la garde civile les attendait. A leur grande surprise le même personnage qui avait bu tranquillement sa bière sans les voir, était là. Il était accompagné d'un collègue plus âgé, au ventre proéminent qui débordait d'un uniforme aux multiples dorures, indiquant l'importance du personnage dans la hiérarchie franquiste.

Celui-ci porta deux doigts au niveau de sa tempe en guise de salut et dit sans autre forme de politesse :

- Passaporte.

Éric rassura son compagnon :

- C'est juste un contrôle !

Ils s'exécutèrent en présentant leurs cartes d'identité.

Après une brève analyse, il baragouina quelque chose qui d'après le ton impératif empreint de méchanceté voulait dire qu'ils devaient les suivre jusqu'à la « casa » de la garde civile.

Ils attendirent un moment dans l'entrée assis sur un banc sous l'œil vigilant d'un garde afféré à classer des papiers derrière un comptoir. Ils entendaient la grosse voix du gradé qui téléphonait peut-être à des supérieurs pour les informer de sa prise. Ils se regardaient. Allait-on les relâcher ? Devaient-ils prendre la poudre d'escampette pendant qu'il était encore temps et laisser leurs précieux papiers ?

Cette attente anxieuse ne se prolongea pas. On les amena devant le gradé qui leur signifia qu'on les gardait « quelques jours » en attendant que des autorités supérieures aient statué sur leur sort. C'est du moins ce qu'ils crurent comprendre. On fouilla leurs sacs. Les canifs furent confisqués ainsi que toutes les sommes d'argent qu'on put leur trouver après une fouille minutieuse. En échange de quoi, on leur remit un papier, sorte de reçu. Il va sans dire qu'au grand jamais, on ne leur rendit le moindre centime. Les autorités franquistes volaient légalement leurs prisonniers !

Après quoi, on les jeta dans un cachot au sous-sol. C'était une pièce humide au sol de terre battue avec pour unique fenêtre un soupirail avec trois forts barreaux laissant entrer l'air de la rue. Deux bottes de pailles servaient de bancs. Dans le coin sombre, leur couche était semblablement de la paille étalée sur le sol.

Dès que le bruit de la serrure indiqua qu'ils étaient enfermés à double tour, Éric laissa éclater sa colère :

- Bordel de bordel, on est faits comme des rats !

Son compagnon tenta de le calmer :

- C'est un malentendu… Ils vont bientôt nous relâcher !

- Je crains que l'on se soit jetés dans la gueule du loup… Je l'avais un peu prévu… Les franquistes ont une dette envers les nazis qui les ont aidés pendant la guerre d'Espagne !

Le soir, la femme du chef leur apporta un grand bol de soupe fumante dans lequel trempait des haricots rouges. De rares bouts de chorizo flottaient dans le bouillon. Un petit quignon de pain améliorait l'ensemble. Il faisait si sombre qu'ils ne la virent qu'à peine. La commère repartit sans un mot en ayant soin de refermer la geôle à double tour.

Miranda de Ebro

Le lendemain, le chef leur signifia – avec un vague sourire ironique - qu'on les emmenait en « colonia de vacaciones » à Miranda de Ebro.

Ce que Louis et Éric ignoraient, c'est que « Miranda de Ebro » était un célèbre camp de concentration franquiste. Il était en tous points comparable aux camps de concentration allemands. On disait même que Himmler, le bras droit de Hitler l'avait visité… Sa construction avait débuté en 1937 quand l'armée républicaine vaincue commença à se rendre. Il y eut aussi beaucoup de membres des brigades internationales, c'est-à-dire des gens de toutes les nationalités. Himmler repartit satisfait. Avec un tel outil, on allait leur en faire baver « aux rouges » car, dans leur esprit borné et haineux, tous ceux qui osaient combattre le fascisme étaient forcément « des rouges ! »

Deux sbires les accompagnèrent dans un panier à salade jusqu'à la gare de Pampelune. Ils rejoignirent une vingtaine d'autres prisonniers dans un wagon cellulaire. Deux bidasses en arme les surveillaient du coin de l'œil en sommeillant.

Ils firent connaissance à demi-mots avec leurs nouveaux compagnons. Quelques-uns, comme eux, voulaient rejoindre Londres pour continuer le combat. La plupart, de nationalités diverses d'ailleurs, fuyaient les nazis parce qu'ils étaient juifs ou étaient des démocrates-sociaux, antinazis de tout poil ou communistes. Ils avaient pensé à tort que leur voie de salut vers la liberté - Londres ou New York - passait par l'Espagne !

Le train progressait lentement à travers les sierras. Dans l'étouffante après-midi, plus personne n'avait envie de parler. Éric et Louis jetaient un coup d'œil par la fenêtre en voyant défiler les paysages. Après la verdoyante Rioja, ils traversèrent le plateau désolé et désertique de la Vieille Castille. Au loin des montagnes dressaient leurs contreforts arides. En fin de journée, après un long cheminement, le train s'arrêta à Miranda De Ebro.

Ils descendirent. L'air était suffoquant bien que le soleil commençât à décliner. Un coup de vent souleva un nuage de poussière. Ils prirent une ruelle et aperçurent des cubes blancs reflétant le soleil, entourés de plusieurs rangées de barbelés. Le camp était silencieux et désolé. Des miradors dressaient leurs hautes silhouettes squelettiques à chaque angle.

Deux soldats ouvrirent une première barrière. Ils franchirent cette enceinte qu'on referma avant d'ouvrir la deuxième barrière. Ils entrèrent et là, on les fit attendre devant le bureau d'enregistrement.

Louis examinait les rangées de barbelés. Elles s'étendaient sur plusieurs mètres de largeur et de hauteur. « Impossible de les franchir sans être complètement déchiquetés, » se disait-il. Éric pensait la même chose : « Les évasions doivent être rares ! » Une infinie tristesse les envahit et des larmes qu'ils auraient voulues retenir, coulèrent sur leurs joues.

Cependant, un tumulte soudain se manifesta. Il se rapprocha et on ouvrit la dernière barrière. Un groupe d'une vingtaine de sortants, très maigres, aux teints terreux et vieillis, aux tenues dépenaillées, passa devant eux en chantant la chanson à boire : « Les moines de Saint Bernardin. » Comment pouvait-on exprimer tant de gaité après un tel séjour ? Et, leur joie était si communicative que nos deux amis se sourirent à travers leurs pleurs...

C'était la preuve qu'on pouvait s'en sortir ; ils reprirent confiance. Il fallait serrer les dents en attendant des jours meilleurs…

L'enregistrement était banal. Un gradé se contentait d'enregistrer les déclarations des arrivants d'un air las sans procéder à des vérifications. Ils étaient triés par nationalité. Il se murmurait dans les rangs que les autorités franquistes rendaient aux Allemands leurs ressortissants. Curieusement, malgré les accents gutturaux de beaucoup d'éléments du groupe, personne ne se déclara Allemand… Car ceux-ci étaient certains d'être immédiatement fusillés comme déserteurs. Parmi eux, la nationalité canadienne était prisée et enregistrée heureusement sans aucun contrôle.

Après quoi, un soldat leur confia une couverture militaire de couleur kaki et une timbale en fer blanc destinée à recevoir les rations de bouffe.

On leur attribua le baraquement numéro quatre. La dernière barrière s'ouvrit… En pénétrant dans le camp, ils découvrirent une large allée qu'ils surnommèrent d'emblée avec le peu d'humour qu'ils leur restaient : « les Champs Elysée de Miranda ! » De chaque côté de l'avenue un nombre impressionnant de baraquements peints à la chaux seulement séparés par de petites ruelles s'étendaient mornes et désolés. Aucune végétation, aucun arbuste, aucun brin d'herbe n'avait pu pousser sur la terre aride et poussiéreuse.

Il se présentèrent au « cabo » de la barraque numéro quatre. (Le cabo était un interné responsable de ses camarades devant l'autorité du camp.)

Celui-ci les accueillit fraternellement. Il leur rappela – avec un sourire entendu - les règles qui régissaient leur communauté : Une grande solidarité, une stricte égalité, le respect de l'autre ! Puis, il leur montra leurs places.

Le baraquement avait un étage qui lui-même était divisé en cinq cases qui contenaient cinq places.

Une case avait été nettoyée. Les cinq nouveaux arrivants s'y installèrent. Ils furent étonnés par l'exigüité du lieu, sa rusticité, les planches mal équarries qui servaient de cloison, le sol en béton dépourvu de couchette !

Devant leur déception, le cabo les assura que moyennant quelques pesetas, ils trouveraient dans le camp de petits matelas de mousse, genre tatamis usagés mais améliorant grandement le confort…

Là-dessus une musique militaire de clairons et de tambours emplit le camp. La fanfare était composée d'une douzaine de musiciens en tenue blanche impeccable. Ils se rangèrent face au mat au bout duquel flottait le drapeau de l'Espagne franquiste tandis que de partout, des baraquements comme des ruelles attenantes sortaient les internés qui se rangeaient en face par groupes constitués sous l'œil vigilant de leurs cabos.

Quand tout le monde fut en place, la clique joua un air martial et on procéda à la descente de la bannière. Après quoi, la fanfare opéra un demi-tour et s'éloigna en musique. Les prisonniers rompirent les rangs.

Matin et soir avait lieu avec une régularité toute militaire cette cérémonie des couleurs.

Cependant les cinq arrivants avaient loupé la distribution du repas du soir. Ils n'avaient rien mangé de la journée et des crampes d'estomac les rappelaient à l'ordre. Pour Éric comme pour Louis, c'était le moment d'éprouver le premier grand principe : la très grande solidarité. Ils s'adressèrent au cabo :

- On a la dalle

- Nous n'avons rien mangé depuis ce matin…

- Déjà ? Bon, pas de problème !

Il cria :

- Appel à la solidarité ! Les arrivants ont la dalle…

Le silence se fit. On fit semblant de chercher… Des murmures d'ennui s'entendirent ici et là :

- Font chier !

- N'ont qu'à retourner chez leur maman !

Le cabo fit sa grosse voix :

- Allez, les braves, c'est le moment de montrer votre générosité !

Puis, il passa dans les rangs en sondant les regards. La récolte ne fut pas importante. Mais, elle exista : Une boite de sardine, une autre de pâté, quelques croûtes de pain, deux oranges et quelques petits-beurre.

Les cinq arrivants dégustèrent ce frugal repas en se le partageant le plus également possible…

Leur première nuit, recroquevillés sur le béton, fut entrecoupée d'affreux cauchemars. De plus, des démangeaisons les tourmentaient à la taille, aux épaules, sous les aisselles, un peu partout. Quand le matin, ils demandèrent une explication au cabo, telle fut sa réponse :

- Ce n'est rien ! Vous vous habituerez vite. Ce ne sont que quelques punaises qui se sont abreuvées de votre sang !

- Mais, qu'est-ce qu'on peut faire ?

- Les punaises ont horreur de la propreté ! Tenez votre place propre. Prenez une douche quotidienne ! Lavez votre linge régulièrement et les punaises iront chez les voisins !

Sur ces conseils, on entendit un cri unanime :

- Le jus !

Les prisonniers se ruèrent avec leurs timbales vers un énorme bidon fumant. Un prisonnier servait avec une louche un jus noir qui sentait à peine le café.

Louis et Éric furent servis en dernier. Ils goûtèrent le breuvage et se regardèrent :

- C'est dégueulasse ! s'échappa instantanément de leur gorge.

- C'est quoi ce jus ?

- Du jus de chaussettes très sales !

Après avoir absorbé ce brouet et selon les conseils que le cabo leur avait prodigués, ils se précipitèrent aux douches. De partout et dans toutes les langues, on criait : De l'eau ! Agua ! Water ! Wasser ! etc. Ils réussirent enfin, après une longue attente, à se glisser sous l'une d'elle. Mais quelle ne fut pas leur déception ! Seulement quelques gouttes s'écoulaient du pommeau puis s'arrêtaient pour reprendre ensuite selon son bon vouloir. Il était impossible de se doucher vraiment dans ces conditions !

Pourtant, ils étaient terriblement sales. Une poussière que soulevait le vent se collait inlassablement sur leur transpiration. Et toutes leurs réclamations, récriminations furent vaines pour obtenir un peu plus d'eau. La pénurie était organisée pour leur en faire baver…

Ils attendirent avec impatience le repas de midi. Quatre prisonniers nommés porteurs de plats par le cabo allaient chercher la bouffe à la cuisine. Ils distribuaient avec une louche un graillon infect composé essentiellement d'un riz collant au fond d'un liquide sur lequel surnageaient comme des yeux de graisse. Louis et Éric constatèrent ce qu'était la « stricte égalité » puisque le cabo avait droit à une double portion ainsi que les porteurs de plats.

Ils essayèrent d'ingurgiter cette mixture. Leurs papilles se rebellèrent. Ils furent tentés un instant de jeter le contenu de leurs gamelles. Un bon samaritain intervint :

- Il faut le manger, les gars ! Sinon vous allez dépérir vite ! Vous vous habituerez ! Et vous n'avez pas le choix !

Heureusement, le « marché noir » suppléait aux carences alimentaires. Il était, bien sûr, strictement interdit, du moins officiellement.

Mais tout le monde en bénéficiait. D'abord les prisonniers qui par ce moyen arrivaient à survivre, ensuite tous les soldats franquistes de tous grades jusqu'au colonel qui arrondissaient leurs maigres soldes par ce moyen. Si on avait des pesetas, on trouvait dans le camp toutes les denrées alimentaires nécessaires : les oranges, les conserves, les cigarettes, la bière et le vin jusqu'aux spiritueux comme le whisky etc. Bien sûr, les prix entre la boutique et le camp avaient doublés.

Louis et Éric n'avait pas une peseta en arrivant au camp. On leur indiqua un prisonnier, diamantaire à Anvers qui avait fui les nazis du fait de sa religion, semblait-il. Louis lui proposa sa chaine en or qu'il portait autour du cou depuis sa première communion. Une vierge pendait à son extrémité. Le diamantaire après un examen minutieux, lui paya deux cents pesetas. Quant à Éric, il lui vendit sa montre de bonne qualité. Il récolta cent cinquante pesetas. Ces deux sommes permettaient de voir venir et de se payer le complément pour ne pas dépérir…

On avait soif à Miranda. L'été était torride, étouffant. Le manque d'eau était une plaie. Au milieu de la matinée une citerne d'eau arrivait. Elle était juchée sur une vieille charrette tirée par un vieux canasson fatigué. L'eau était déversée dans une citerne en béton. Les pensionnaires se ruaient sur les deux seuls robinets pour obtenir leur part. Ils repartaient avec leur gamelle. On étanchait provisoirement sa soif, mais, il était impossible d'avoir suffisamment d'eau pour laver ses vêtements.

Tout semblait organiser pour leur en faire baver…

En revenant avec sa gamelle d'eau, Louis chercha son ami sans le trouver. Il demanda à l'encan :

- Il est où, Éric ?

Une réponse rigolarde surgit de plusieurs gosiers :

- Éric ? Il est chez Franco !

Louis fut surpris. Il ne tarda pas à comprendre. C'est ainsi qu'on désignait les latrines à Miranda. C'était un lieu répugnant qui dégageait à cent mètres alentour une odeur pestilentielle. Des nuées de mouches noires croissaient et se multipliaient dans ce lieu horrible. Il n'y avait que trente-six trous pour une population totale de plus de deux mille personnes. Le nettoyage était quasi impossible à cause du manque de matériel et d'eau. Malgré les efforts des « punis » affectés à cette corvée, le résultat était quasi nul.

D'autant que ce lieu, malgré sa répugnance, était fort fréquenté à cause de la « mirandite, » diarrhée chronique qui affectait presque tous les prisonniers. Elle était due à la nourriture et aussi à l'eau dont les autorités se foutaient bien qu'elle soit potable ou non.

Il n'y avait pas de médicament pour la soigner. Pas la peine de se rendre à l'infirmerie pour obtenir la moindre goutte d'élixir parégorique. Dans ce lieu, on n'a jamais rien soigné. C'était un infâme mouroir où des hommes épuisés venaient s'allonger pour y mourir…

Cependant, au bout d'un mois de cette vie incroyable, ils furent convoqués au bureau du Colonel. Ils n'avaient rien à se reprocher, mais, ils y allèrent avec la peur au ventre. Après une longue attente, un soldat les emmena dans le local postal. Ils avaient reçu un colis de la croix rouge internationale. Ils le déballèrent devant le préposé qui vérifia l'absence d'arme ou de couteau. Le colis contenait un paquet de biscuits de soldat, du corned-beef, du pâté et des oranges. Une lettre en Anglais leur signifiait que le consulat des Etats-Unis s'occupait de négocier leur libération auprès des autorités franquistes. Dans le bureau d'à côté, on les informa que cette même croix rouge leur allouait un secours de vingt pesetas par semaine qu'on leur paya immédiatement.

Ils ressortirent soulagés et heureux. Ainsi on s'occupait d'eux. Ils entrevirent enfin une lueur d'espoir.

Le temps passa monotone avec son combat journalier pour une survie dans la dignité. C'était difficile dans les conditions décrites plus haut, voire impossible.

Cependant, une solide amitié et une profonde solidarité se forgèrent entre les membres de cette communauté forcée. On essayait de plaisanter, on passait le temps en jouant aux cartes, belote ou tarot. Ils avaient tous un point commun : fuir les nazis, combattre le fascisme.

Jean-Paul, un Alsacien de dix-neuf ans, Strasbourgeois, avait fui pour ne pas être incorporé dans l'armée allemande. Hans, un Allemand de Hanovre, professeur de Français s'était réfugié en France dès 1933 et l'arrivée de Hitler au pouvoir. Il était recherché par la gestapo pour ses idées politiques. Stanislas était un mineur de fond du Nord, d'origine polonaise, syndicaliste et antinazi. Avec Louis et Éric, ils étaient comme les cinq doigts d'une main.

Un soir après la cérémonie des couleurs, un bruit intense comme une trainée de poudre enfla dans le camp. Une liste importante « d'élargis » était affichée au bureau. Tout le monde s'y précipita. Il fallut se bousculer pour accéder à sa lecture. Éric réussit à se glisser jusqu'au premier rang de l'assistance. Un cri de joie sortit de sa gorge :

- C'est bon. Nous sommes du lot. Demain, adieu Miranda ! Fini le bagne ! Finie la claustration !

Ils n'étaient pas les seuls. L'Alsacien et l'Allemand de Hanovre – déclarés comme Canadiens – étaient libérés aussi. Le mineur de fond d'origine polonaise les suivait ainsi que le kapo. Quelques pesetas servirent à se procurer des bières et ils chantèrent jusqu'au couvre-feu de vingt et une heures. Ce n'était pas le moment d'être punis et retenus !

Nous étions fin septembre 1940. L'Espagne, après la terrible guerre civile, était exsangue. Dans les campagnes, la famine sévissait. Les champs n'étaient plus cultivés, faute de bras. Beaucoup d'hommes étaient morts. Deux millions étaient encore retenus sous les drapeaux.

Dans ces conditions, l'Espagne franquiste avait accepté la proposition des Etats-Unis : Dix sacs de blé contre la libération d'un homme. Ils étaient quatre-vingt-douze chanceux : Des Français, des Belges, des Canadiens, des Polonais, des Danois etc. Brigadistes ou fuyards devant l'avancée des nazis…

Le lendemain, ils s'étaient rassemblés devant l'administration ; leur joie restait contenue tant qu'ils n'avaient pas franchi les enceintes de barbelés.

Un soldat les appelait chacun leur tour. Ils rendirent leur couverture et leur timbale tandis que leurs rares objets confisqués leur étaient restitués. Éric et Louis récupérèrent leurs canifs mais pas leurs sommes d'argent.

Quand l'ensemble du groupe des quatre-vingt-douze eut signé les registres, on leur ouvrit la première barrière. Puis après un temps de regroupement qu'ils trouvèrent très long, la dernière s'ouvrit à son tour et ils s'élancèrent vers la gare, fous de joie comme des enfants…

Madrid

Des vieilles femmes les attendaient sur le quai de Miranda De Ebro avec des paniers chargés de victuailles à des prix normaux. Des oranges, mais aussi des tortillas, des chaussons au milieu desquels était de la viande de poulet, de porc ou de bœuf en sauce et des gâteaux faits maison. Ils dépensèrent leurs dernières pesetas afin de s'approvisionner pour ce voyage vers Madrid, première étape vers la liberté.

Le train s'élança avec une lenteur toute ibérique à travers les sierras. Leur cœur battait fort dans leur poitrine, et cette joie les rendait dithyrambiques. Ils avaient l'impression de recommencer leur aventure interrompue un moment par un terrible cauchemar.

Au bout d'une longue journée, puis d'une longue nuit dans le wagon, le train ralentit, les freins crissèrent et les lettres tant attendues « Madrid » se dessinèrent sur les murs de la gare. Dans un coin à l'écart, des tables avaient été dressées sur des tréteaux. On pouvait lire sur une banderole : Cruz Roja Internacional. Des dames de bon aloi, girondes, propres et bien vêtues se tenaient derrière avec du café, du thé fumant, des gâteaux. Ils se précipitèrent vers ce buffet improvisé. Ils auraient aimé sauter aux cous de leurs bienfaitrices si la prise de conscience de leurs saletés, de leurs guenilles ne les avait retenus.

L'accueil était cependant particulièrement chaleureux. Après que l'intégralité des vivres du buffet eut disparu dans les ventres affamés, les dames les invitèrent à les suivre vers les locaux de la Croix-Rouge. Ils traversèrent plusieurs rues et arrivèrent devant un grand immeuble un peu délabré.

Après le pointage de leurs noms dans un vaste vestibule, ils pénétrèrent dans une grande salle. On les invita à quitter leurs haillons et à passer sous la douche par groupe de dix. Dans l'enthousiasme général, ils purent savonner les couches de crasse accumulées par de longs mois de claustration. Ce fut un véritable plaisir de retrouver du savon et du champoing en abondance pour se frotter, puis une bonne serviette pour s'essuyer.

Dans la pièce d'à côté une dame pleine de commisération pour ces corps décharnés, les invita à choisir des sous-vêtements à leur taille. Enfin, on les fit passer dans un dernier « dressing-room » pour choisir un pantalon, une chemise et une veste. Éric et Louis cherchèrent longtemps une petite taille sans succès. Ils se décidèrent pour des costumes gris l'un à rayures et l'autre pas, si bien que quand ils se regardèrent dans le miroir, ils éclatèrent de rire. Ils avaient l'air de deux clowns endimanchés pour aller à la messe !

On leur attribua un pécule et une pension de famille pour trois jours et trois nuits. Après quoi, un rendez-vous leur fut fixé à la gare de l'Ouest où ils prendraient le train tous ensemble pour Lisbonne.

Pendant ces journées de liberté, ils se promenèrent dans la ville, heureux et étonnés de n'être plus surveillés, de pouvoir errer et s'assoir aux terrasses comme ils en avaient envie. Le centre de Madrid paraissait vivre dans l'innocence de la prospérité à mille lieux de la misère et des souffrances qui étaient quotidiennes partout ailleurs dans le pays et dans le monde. Des familles se promenaient le soir dans les avenues, la Plaza Mayor ou la Plaza de la Puerta Del Sol, les enfants devant, bavardant et jouant tandis que le chef de famille suivait, sa femme à son bras, parée de ses plus beaux atours et de ses bijoux.

Ils se retrouvèrent tous sur le quai de la gare au jour fixé, endimanché dans leurs costumes trop grands avec des musettes bourrées de victuailles. Le voyage vers Lisbonne était incertain et très long.

Ils se congratulèrent comme de vieux copains à grands coups de tapes dans le dos et de plaisanteries, puis montèrent dans le wagon enthousiastes et heureux pour ce voyage vers l'ouest, l'océan et la liberté.

Le chemin de la liberté

Le train s'ébranla à l'heure prévue. Une angoisse lourde se lisait sur certains visages. On disait que les autorités portugaises s'étaient fait tirer l'oreille pour laisser passer ce wagon de combattants antifascistes. Salazar, malgré sa neutralité affichée, ne reniait pas ses idées ni ses origines.

Au moment du départ, une bonne âme de la Croix-Rouge les prévint qu'en aucun cas ils n'avaient le droit de poser le pied sur le sol portugais.

Éric et Louis avaient retrouvé l'Alsacien, l'Allemand, et le mineur polonais de Denain. Au bout de quelques kilomètres à travers la Mancha, pour éviter le silence et l'ennui, Louis sortit de sa poche le jeu de tarots. Les parties rigolardes s'enchaînèrent entrecoupées de poses pour les casse-croûtes. Le soir un douanier espagnol les prévint que les autorités portugaises avaient exigé que le wagon fût bouclé afin qu'ils ne puissent pas descendre du train.

- Alors, nous sommes de nouveau enfermés, s'exclama l'un d'eux….

- Le chemin de la Liberté prend des détours qu'il est difficile parfois de comprendre !

Le professeur de Français, l'Allemand de Hanovre, vint à leur secours :

- Savez-vous que le grand Lénine, quand il revint en Russie avec ses compagnons pour la révolution bolchevique de 1917, traversa l'Allemagne du Kaiser dans un wagon plombé, c'est-à-dire fermé comme le nôtre, comme si les autorités allemandes ne voulaient pas le savoir.

Des commentaires variés accompagnèrent ce rappel historique. Ils eurent un moment l'impression de devenir des personnages importants qui, eux aussi, marqueront l'histoire par leurs actions et leurs combats.

Ce voyage dura trente-six heures. L'appréhension et l'espoir alternaient régulièrement dans l'esprit des quatre-vingt-douze rachetés. Combien valaient-ils ? Dix sacs de blé contre un prisonnier ? Était-ce la vérité ? Ou un de ces bruits qui court de bouche à oreille et que l'on finit par croire parce que tout le monde l'affirme ?

Certains disaient :

- Ce n'est pas mal, quand-même !

Et d'autres répondaient :

- Notre peau ne vaut pas si chère !

C'était un fait parmi tant d'autres et l'important était qu'ils fussent libérés…

Le train s'arrêta enfin en gare de Lisbonne. Leur wagon fut poussé sur une voie de garage. On les laissa mijoter dans leur impatience une bonne demi-heure.

Soudain un premier bus s'approcha, puis un second. Un haut gradé de la police portugaise reconnaissable aux multiples dorures de son uniforme en descendit. Il traversa les deux voix de chemin de fer le séparant du wagon, puis muni d'une clé adéquate, ouvrit la porte. Il invita d'un geste brusque les passagers à rejoindre les deux bus.

Une cohue enthousiaste et joyeuse salua leur libération.

Les bus s'engagèrent à travers les rues tortueuses de la ville, rejoignirent le bord du Tage et atteignirent bientôt le port. L'air marin réveilla leurs narines. Le soleil était haut dans le ciel et ce parfum iodé avait un goût de liberté. Un cargo arborant la bannière étoilée des Etats-Unis d'Amérique était à quai. Il leur parut énorme par rapport aux deux bus stationnés à son côté. On pouvait lire sur sa coque noire en lettres blanches : The king of the sea. Des grues transbordaient des palettes de sacs de blé sur des wagons de chemin de fer.

Ils attendirent en file indienne la permission de monter à bord. Le Capitaine en personne vint en donner l'ordre et les salua comme des braves. La stature et la fermeté qui sourdaient de sa forte personnalité, leur donna confiance pour une croisière qu'ils supposaient dangereuse.

« The king of the sea » appareilla à marée haute au milieu de l'après-midi. L'ensemble des « rachetés » fut convié à un diner donné en leur honneur dans le réfectoire des marins. Sauf les hommes de service, ils étaient tous présents dans cette salle un peu étroite pour recevoir tant de monde. Le menu fut ordinaire mais lorsqu'il fut sur le point d'être terminé, on annonça la venue extraordinaire du Capitaine.

Celui-ci s'excusa de ne pas parler la langue de Molière et commença son speech en Anglais. Louis avait des notions toutes relatives de la langue de Shakespeare apprise au lycée. Mais, il en comprit les lignes directrices. Le capitaine dénonça la pire dictature que l'humanité ait connu depuis la nuit des temps, affirma que le rôle de son pays était de venir en aide et au secours de la Grande Bretagne qui, seule, continuait le combat contre les nazis, qu'il était fier de convoyer quatre-vingt-douze combattants de la liberté ainsi qu'une cargaison de vivres, d'armes et de munitions vers Glasgow leur destination finale. Il termina en leur soulignant que le danger était omniprésent, que des sous-marins ou des avions allemands pouvaient les attaquer à tous moments, mais que la Royal Navy croisait dans les parages, en particulier un destroyer et deux corvettes, pour éloigner l'ennemi et qu'en plus ce navire marchant possédaient une DCA et deux canons, servis par une équipe de douze artilleurs qui se relayaient en permanence de jour comme de nuit, toujours prêts à intervenir et contrattaquer.

Louis et Éric étaient enthousiastes qu'on les traite avec tant d'égards. Ils étaient fiers et savouraient le privilège de se promener sur le pont en toute liberté. L'air marin avait ce parfum iodé et frais de haute mer qu'ils découvraient pour la première fois. Ils admirèrent les couleurs rouge-orangées du coucher du soleil. Celui-ci sembla raser les flots puis plongea immanquablement dans ceux-ci sous leurs yeux éblouis.

Sur le cargo, une information étrange et rassurante courait de bouche à oreille. On disait qu'un général français avait repris le combat, qu'il avait dit : « La France a perdu une bataille, mais n'a pas perdu la guerre. » Il se nommait Charles de Gaulle et appelait tous les Français qui en avaient la possibilité et le courage à reprendre les armes et à le rejoindre à Londres. Winston Churchill avait promis de l'aider et de lui fournir les moyens de constituer et d'organiser les « Forces Françaises Libres. » Des volontaires affluaient à Londres de toutes parts par tous les moyens terrestres, maritimes ou aériens. Éric et Louis dans un premier temps eurent du mal à le croire. Mais, ce bruit s'imposa peu à peu ; il n'était plus possible d'en douter… Ils se joindraient aux forces de la France libre.

Miranda était loin et déjà oublié…

La Grande Bretagne

Après une semaine de navigation, la ville de Glasgow se profila à l'horizon. The King of the Sea actionna trois fois sa corne à l'entrée du port pour montrer sa joie et sa fierté d'arriver indemne et chargé d'une cargaison importante pour la survie de la Grande Bretagne.

Le port de Glasgow était une ruche bruyante où une multitude de dockers, marins et hommes de toutes les professions s'afféraient en tous sens. The King of the Sea s'arrima entre un cargo australien et un autre canadien. Il apparut tout de suite à Éric et à Louis que toutes les nations du monde libre se donnaient la main pour aider l'Angleterre à résister aux nazis.

Les rescapés de Miranda furent rassemblés et dirigés à travers les docks dans une caserne de l'amirauté britannique. Là, des sous-officiers du « Patriotic school » les interrogèrent longuement sur leurs origines, leurs projets et leurs motivations. Cette enquête était destinée à confondre d'éventuels espions qui auraient pu renseigner l'ennemi. Cet interrogatoire restait très « fair play » et amical. Après une brève visite médicale, on leur demanda d'abandonner leurs frusques civiles pour revêtir un treillis à peu près à leur taille, puis on les logea dans un dortoir improvisé. Le lendemain, ils partirent en camions militaires vers un centre d'entrainement et de formation aux maniements des armes à Arrow Park près de Liverpool.

Arrow Park n'était pas vraiment une caserne. C'étaient des bungalows dispersés dans la vaste propriété d'un château qu'un Lord avait mis à la disposition des FFL (Forces Françaises Libres) pour entraîner leurs nouvelles recrues.

Nous étions en octobre 1940 et la bataille d'Angleterre faisait rage. La Luftwaffe après s'être acharnée sur des objectifs militaires, les docks, les ports, les centres industriels comme Coventry, bombardait maintenant les grands centres urbain, Londres en particulier, dans le but de décourager la population. Sous l'impulsion du premier ministre, Winston Churchill, celle-ci tenait bon d'autant que la Royal Air Force infligeait des pertes conséquentes aux avions allemands et qu'elle bombardait aussi abondamment l'Allemagne.

Arrow Park était en dehors du rayon d'action des bombardiers et vu du ciel, rien n'indiquait qu'il s'agissait d'un centre d'instruction militaire. Une tranquillité d'esprit, l'envie d'obtenir rapidement de bonnes capacités aux maniements des armes firent qu'au bout d'un mois sous la houlette d'un sergent de carrière de l'armée française, la plupart des rescapés de Miranda étaient formés et aptes à participer aux combats.

Pourtant, Louis et Éric, dans un premier temps, se plièrent difficilement à la discipline militaire. Les cérémonies des couleurs matin et soir leur étaient pénibles. Celles de Miranda se superposaient dans leurs esprits à celles-ci. Malgré tout, puisqu'il s'agissait de hisser les trois couleurs, symbole de la Liberté, et qu'elle était accompagnée de la Marseillaise, chant martial, détonnant et tonifiant pour nos jeunes amis, ils finirent par s'y habituer. S'ils voulaient battre l'Allemagne nazie, s'ils voulaient que les trois couleurs flottent sur la mairie de Paris, l'Assemblée nationale, le Panthéon etc. et aussi sur la Cathédrale de Strasbourg, il fallait nécessairement en passer par là. D'autant qu'un esprit de bonne camaraderie se développa rapidement entre les soldats et leurs chefs.

Au bout d'un mois, ils maniaient sans problème un fusil mitrailleur, dégoupillaient et lançaient une grenade offensive, et même étaient capables de servir un canon de soixante-dix. Le bruit courait qu'après la visite du Général de Gaulle, ils partiraient pour l'Afrique Equatoriale Française, ralliée depuis peu à la France Libre.

Pour clore cette instruction, le Général, organisateur des FFL, les honora de sa présence. Il les passa en revue comme s'ils étaient de valeureux guerriers en les saluant la main au képi. Il avait la grandeur et la bonhommie des hommes animés par une mission de la plus haute importance. Son personnage donnait confiance. Son regard semblait leur dire : « Je compte sur vous pour sauver l'honneur de la France et la délivrer de la pire barbarie de tous les temps. »

La fanfare joua la Marseillaise et De Gaulle, sur une petite tribune improvisée, prononça quelques mots où il était question de reprendre le combat pour délivrer la patrie et reconquérir l'honneur perdu par la défaite et la collaboration de « Vichy. »

Le lendemain, ils partirent en camion vers Liverpool. Là, un destroyer de la Royal Navy les attendait. Sa mission était d'accompagner un cargo pour le Nigeria tandis qu'ils seraient débarqués à Pointe Noire au Congo avec du matériel militaire à destination des FFL.

Vers l'Afrique : Pointe-Noire

Sur le destroyer, les conversations allaient bon train. On disait qu'un certain Colonel Leclerc rassemblait une armée à Fort-Lamy au Tchad pour attaquer les forces italiennes dans le Fezzan et aller se joindre aux Britanniques qui combattaient les Italo-Allemands en Tripolitaine. Louis et Éric comprirent que leur mission serait de convoyer le matériel militaire octroyé par Churchill à De Gaulle jusqu'à Fort-Lamy pour former ce qu'on appelait déjà la colonne Leclerc…

Ils étaient impatients et enthousiastes. D'après leurs renseignements pris auprès de camarades plus âgés, militaires ayant une certaine expérience de l'Afrique Equatoriale Française (A.E.F), 3500 kilomètres séparaient Pointe-Noire de Fort-Lamy. Franchir une telle distance dans un pays inconnu à travers la forêt équatoriale, puis plus au Nord l'immense steppe et enfin le désert leur paraissait une aventure extraordinaire et possible puisque bien d'autres l'avait réussie avant eux.

Le médecin du bord les instruisit des maladies tropicales. Il devait prendre un comprimé de quinine par jour pour se prémunir du paludisme appelé aussi malaria, ne pas boire d'eau du pays sans qu'elle soit bouillie ou désinfectée par un comprimé d'hydroclonazone par litre ; ne manger que des légumes cuits et des fruits pelés et enfin bien se laver les mains pour éviter la dysenterie amibienne…

Après plusieurs jours de navigation, accoudés au bastingage, la côte de l'Afrique leur apparut. Le grand rocher noir qui avait valu son nom à ce port, sortit de la brume de chaleur comme une apparition féérique. Un immense hourra sortit des gorges des marins et de leurs passagers. Des calots et des bérets à pompon furent jetés en l'air et rattrapés avec des cris de joie.

Le port comme la ville qu'ils voyaient de leur hauteur, leur parurent calmes par rapport à l'intense activité de Liverpool et de Glasgow. A gauche, on devinait une longue plage de sable blanc et plus loin la silhouette d'une sombre forêt. La température était estivale et une brise légère les refroidissait agréablement.

Une caserne de la marine, située tout près du port, les hébergea pendant le temps du transbordement. Elle était dans un état épouvantable, mal tenue, mal entretenue. Les toilettes étaient dans un état proche de celles de Miranda. Heureusement, ils n'y restèrent que deux nuits, juste assez pour profiter de la plage de sable fin et de la température de l'eau d'une douceur paradisiaque.

Un groupe de jeunes filles vint se baigner à côté d'eux. Elles étaient presque nues et peu à peu les deux groupes se mélangèrent en s'aspergeant et en jouant. Bientôt chaque fille choisit un garçon et essaya de l'entraîner à l'écart. Louis comme Éric savaient qu'il était possible d'aller plus loin moyennant une somme modique. Mais, sur le bateau, on les avait mis en garde contre les fréquentes maladies vénériennes et la difficulté de s'en débarrasser dans les conditions de la brousse. Aussi éludèrent-ils le problème en entraînant leurs cavalières vers une brasserie où ils continuèrent de s'amuser sans entrer dans le jeu des demoiselles.

Mais, il leur resta un goût amer de cette rencontre comme d'une occasion manquée et ils se jurèrent de ne plus continuer dans cette voie.

Brazzaville

La première étape jusqu'à Brazzaville fut presque un voyage touristique par le fameux chemin de fer du Congo.

Celui-ci fut rendu célèbre par la difficulté de la construction de ses cinq cent quinze kilomètres à travers la forêt vierge et la nécessité de creuser de nombreux tunnels et de réaliser des viaducs dans la montagne et la forêt vierge pour accéder enfin au plateau de Brazzaville.

Les douze camions « Bedford » furent chargés sur le train et les hommes dispersés dans deux wagons de voyageurs. Le voyage fut lent. Le train s'arrêtait dans de petites gares pour s'approvisionner en eau et en charbon. Une population indigène les accueillait avec le sourire et leur offrait des fruits et des mets de leur composition contre quelques sous. La forêt tropicale les étonnait par sa densité opaque, son fouillis, ses lianes et ses arbres immenses. De grands singes se balançaient de branches en branches en criant et grimaçant. Les passagers les saluaient et leur répondaient par de grands signes à travers la fenêtre ouverte.

Un forestier volubile tenta de leur apprendre le nom de quelques arbres. Il leur désigna une ébène très haut à l'écorce noire, un acajou et même un okoumé plus rare et très recherché dont on tirait, leur dit-il, le meilleur contre-plaqué. Un arbre qu'il nomma « le fromager, » attira leur attention par sa hauteur, son tronc triangulaire, son écorce pâle et ridée comme une personne âgée.

Ils arrivèrent enfin à Brazzaville. La ville venait d'être proclamée par le Général De Gaulle, capitale de la France Libre. On aurait dit que tout dans cette agglomération était conçu pour se conformer à cet honneur : L'organisation, la propreté, les services, l'amabilité des habitants et leur confiance.

Ils devaient continuer vers Bangui en profitant de la navigabilité du fleuve Congo. Sans tarder, les chauffeurs déchargèrent des wagons les « Bedford » et les emmenèrent à l'embarcadère où des barges les attendaient.

Louis et Éric et leurs camarades rejoignirent la caserne située sur le plateau dans le quartier européen. Ils furent étonnés du confort de celle-ci, de la propreté, des chambres à quatre lits avec de bonnes moustiquaires et des douches avec de l'eau courante…

Chaque homme reçut un écusson bleu, blanc, rouge avec une croix de Lorraine de la France libre à coudre sur la manche droite de la chemise, ainsi qu'un casque colonial et une plaque de combattant avec son numéro matricule. On leur attribua quelques rations de survie avec des biscuits de soldats, du corned-beef, des cigarettes et, comme preuve que l'armée prévoyait tout, deux préservatifs.

Le soir, après une douche minutieuse et un shampoing, ils brossèrent leurs uniformes ; certains les repassèrent avec les moyens du bord. Dès que le soleil se cacha derrière les grands arbres, que la température baissa, ils sortirent par petits groupes à la découverte de la ville. Des jeunes filles jouaient innocemment sur la grande place en guettant leurs venues. Quand elles les virent si jeunes, si candides, ce fut une explosion de joie. Elles se joignirent à eux en leur posant des tas de questions :

- D'où venaient-ils ? Resteraient-ils longtemps à Brazzaville ? Pourquoi ceci et pourquoi cela !

Louis et Éric les trouvaient très belles, presque nues sous leurs pagnes ou dans des robes courtes et colorées, avec leurs longs cous et leurs chevelures noires tout en hauteur. Elles avaient des yeux pétillants et les larges sourires de leurs lèvres charnues découvraient leurs dents blanches qui donnaient envie de croquer la vie. L'une d'elle s'appropria Louis, une autre tira Éric par la main et comme par miracle, ils se retrouvèrent dans des endroits calmes, un peu à l'écart, dans une ruelle entre des jardins potagers. La demoiselle demanda son cadeau tandis que les jeunes hommes se protégeaient des maladies vénériennes toujours possibles…

Après quoi elles préfèrent décliner les invitations des garçons à boire une bière. Louis et Éric continuèrent leur soirée dans l'endroit le plus huppé de la ville : L'hôtel central.

Cet établissement, outre une belle terrasse avec vue sur le fleuve était doté d'une grande salle de restaurant. Du jazz s'échappait d'un haut-parleur situé au-dessus du bar et donnait une touche moderne à l'établissement. Des masques africains décoraient les murs blancs. Le grand ventilateur du plafond brassait un air chaud et lourd. Trois consommateurs s'aﬀéraient autour du billard. Des joueurs de cartes s'invectivaient en riant. Deux coloniaux les hélèrent :

- Hé ! Les bidasses, venez vous joindre à nous ! Savez-vous jouer à la belote ?

- Oui ! Bien sûr !

Il héla le garçon :

- Apporte-nous quatre Pernod ! C'est moi qui régale !

Ils tapèrent le carton un bon moment. L'un des deux coloniaux tenait la grande quincaillerie de la ville, l'autre un magasin d'alimentation important, situé en face de cette quincaillerie.

Au bout d'un moment, après de nombreuses parties et une autre tournée de Pernod, ils s'esquivèrent. Le moment était venu de rentrer chez eux :

- Salut les gars et bon voyage !

Au fond une large porte en cintre gothique intriguait, d'autant plus qu'au-dessus était écrit en lettres noires et gothiques : « Private. » Des messieurs entraient et sortaient de ce lieu, il faut le dire : Le plus discrètement possible.

Ce fut plus fort qu'eux ! Cette mention « Private » les intrigua au plus haut point. Il était impossible que de vaillants combattants du nazisme, se dégonflassent devant une seule inscription qui n'était d'ailleurs pas vraiment une interdiction. Ils se levèrent et comme des chenapans déjà en faute, se dirigèrent vers la porte mystérieuse, l'entrebâillèrent. Comme s'ils craignaient de rester figés sur le seuil, ils se précipitèrent à l'intérieur.

Une odeur âcre de transpiration et de fumée leur monta à la gorge. Il faisait une chaleur étouffante malgré les aérations et le grand ventilateur du plafond qui brassait un air atone à toute vitesse. La lumière tamisée éclairait à peine le bar et les discrètes alcôves disposées dans chaque coin. Quand ils entrevirent la silhouette des hôtesses, ils se donnèrent un coup de coude : Ils étaient tombés dans un lupanar !

Avant qu'ils eussent atteint le bar, de volumineuses matrones les entrainèrent chacun de leur côté vers une alcôve. Louis eut le réflexe rassurant de tâter dans sa poche la présence du second préservatif. A peine assis, un whisky arriva, servi par une discrète petite serveuse d'une maigreur cachectique, noire dans la pénombre dont on apercevait vraiment que le tablier blanc et la blancheur de son sourire...

Après avoir puisé du courage dans les premières gorgées du breuvage, Louis put explorer les contours de la dame et sa volumineuse poitrine douce comme les coussins de velours du canapé de sa grand-mère. La suite fut une expérience qu'il n'oublia jamais.

Éric et Louis se retrouvèrent bientôt sur le trottoir les poches vides. Ils titubèrent laborieusement en cherchant leur chemin puis reconnurent la grande avenue bordée de hauts cocotiers qui menait toute droite vers la caserne.

L'un d'eux articula difficilement à l'autre :

- Au moins, il y avait de la chair ! ça nous a changé des gamines…

Leur séjour à Brazzaville fut de courte durée car le lendemain le bateau à aube arriva et son capitaine manifesta son intention de repartir dès le surlendemain.

Vers Bangui

Le fleuve Congo et son affluant l'Oubangui était navigable jusqu'à Bangui. Le bateau à aube conçu dans un but touristique était vaste et confortable. Les hommes disposaient d'une cabine pour deux ou quatre mais bien souvent préféraient dormir sur le pont pour profiter de la nuit tropicale, de sa fraîcheur, de ses étoiles et de ses bruits mystérieux.

Chaque soir le capitaine amarrait son bateau à un quai car il ne pouvait naviguer la nuit à cause des bancs de sable et des fluctuations du fleuve selon les saisons.

Les repas étaient délicieux et les mets variés. Ils étaient servis dans une salle à manger spacieuse. De larges baies ouvertes sur le paysage assuraient une bonne ventilation et une fraîcheur agréable même sous ces climats.

La croisière fluviale longue de 1280 kilomètres contre le courant dura douze jours. Éric et Louis profitaient de ce bon temps assis dans les salons confortables dotés de jeux de cartes et d'échecs auxquels ils furent initiés par leur ami Hans. De grandes bouteilles de bière fraîche étanchaient leur soif jusqu'à l'ébriété.

Ils passaient de nombreuses heures, accoudés au bastingage à guetter les animaux, à observer la canopée, ses singes et ses oiseaux. Souvent, une forêt de roseaux masquait la rive. Des palétuviers plongeaient leurs multiples racines dans l'eau et Louis croyait y distinguer des reptiles enchevêtrés et cachés parmi elles. Ils passaient devant des villages constitués de quelques huttes rondes. Celles-ci étaient bâties en briques de terres et recouvertes d'un toit de chaume ou de feuilles de bananiers. Une étroite petite fenêtre de forme carrée éclairait l'intérieur. Cet habitat les étonnait toujours.

Des pirogues étaient hissées sur une plage de sable fin où des enfants jouaient et se baignaient en dépit du danger des crocodiles. Quand le bateau accostait dans un village pour refaire son stock de bois, la population les accueillait avec bienveillance, souvent avec joie. Ils ne manquaient jamais d'aller discuter, sympathiser, échanger quelques breloques.

Cette vie avait du bon ! Louis en profitait le plus possible, presque avec insouciance. Allait-elle durer ? Sa jeunesse le poussait à s'émerveiller devant ses découvertes innombrables comme lors d'un voyage touristique. Il regardait souvent les camions qui suivaient passivement en étant solidement amarrés sur leurs barges. Ils étaient chargés de mitrailleuses, de canons, de munitions, de futs d'essence. Bientôt, ce sera lui avec ses compagnons qui les emmèneront sur la zone des combats. Malgré cette légèreté affichée aux yeux de tous, cette vie d'aventures, il n'oubliait jamais qu'il était là pour combattre les nazis et délivrer la vraie capitale de la France de leur emprise. Reverrait-il son Paris enfin libéré ? Il en doutait quelquefois…

Avant de s'endormir le soir, il avait peur… de ne jamais revoir son Paris, sa Place Clichy… et de périr sur ce long chemin qu'il lui restait à parcourir… Et, dans son for intérieur, il n'osait pas imaginer les terribles épreuves qui l'attendaient.

A travers la steppe, vers Fort-Archambault

A cette époque Bangui était une petite ville située au bord de l'Oubangui (affluent du fleuve Congo), majestueux et large. En face on apercevait Zongo, ville du Congo belge.

Ils ne restèrent pas longtemps. Le colonel Leclerc attendait son matériel pour partir à l'assaut des Italiens dans le Fezzan.

Le convoi prit la piste dès le lendemain en vue d'atteindre Fort-Archambault, distant de 630 kilomètres environ. Il s'était enrichi d'une dizaine de jeeps et d'une centaine d'hommes. Un lieutenant de la caserne de Bangui en prit la tête et le commandement. Dans une jeep, carte et boussole en main, il scrutait le terrain, ses embûches et ses trous à la recherche d'une quelconque détérioration de la piste lors de la dernière saison des pluies. Le chauffeur à ses ordres suivait ses indications. A l'arrière deux sous-officiers l'un à l'œil nu, l'autre doté d'une paire de jumelles, examinaient les alentours.

Les hommes s'étaient entassés comme ils avaient pu, sur les véhicules. Au début, la caravane suivit le fleuve. Il n'était plus navigable à cause des rapides et des bancs de sable. Puis elle s'en écarta. La saison était sèche et les camions roulaient à leur vitesse de croisière. Une poussière très dense s'élevait de la piste. Elle les obligeait à s'espacer les uns des autres. Des troupeaux d'herbivores se sauvaient dans le lointain à leur approche.

Le soir, ils établissaient leur bivouac. Quelques soldats furent désignés pour poursuivre et chasser du gibier. Ils revinrent avec deux antilopes qu'ils grillèrent sur un feu de camp improvisé. Cette viande améliorait grandement l'ordinaire des rations dont le corned-beef était le plat de résistance. Ils s'en régalèrent toute la soirée. Ce moment de détente délia les langues. Chacun s'exprima librement. De la bière et des flacons d'alcool circulaient. Une bonne camaraderie régnait. La lune éclairait la savane de sa lumière blafarde. La nuit était sereine et les étoiles scintillaient dans le ciel. Le feu brasillait d'autant plus qu'une brise légère et fraîche s'était levée.

Louis se leva, son verre à la main. Il s'exprima ainsi :

- J'ai revêtu l'uniforme militaire volontairement, mais je ne suis pas un soldat qu'on mène à la mort comme les moutons à l'abattoir. Je suis un combattant de la liberté ; je reste un militant contraint de prendre les armes pour chasser les nazis de mon pays, de Paris. Le peuple allemand s'est laissé séduire puis abuser par un dictateur et son idéologie totalitaire, la pire qui n'aie jamais existé… Chez moi, nul sacrifice, mais un devoir, une envie de rester en vie pour revoir Paris délivré, libéré !

De petits applaudissements, quelques rires, des plaisanteries ponctuèrent la fin de son laïus.

- Bravo ! renchérit Éric. Tu as magnifiquement exprimé ma pensée. Je ne combats pas le peuple allemand mais l'idéologie totalitaire, le fascisme qui n'a pas de frontière puisqu'elle s'est étendue aussi sur l'Italie, l'Espagne… (On en sait quelque chose depuis notre passage à Miranda !) Et bien d'autres pays encore… En fait, je suis un pacifiste contraint de prendre les armes…

Des sifflets, des murmures exprimant des doutes montèrent de l'assistance. Au troisième rang, un camarade fit :

- Peut-on être pacifiste quand on a une mitraillette entre les mains ?

Les conversations se poursuivirent tard dans la nuit. Puis chacun regagna son havre improvisé.

Dès le lever du jour sur la savane, le convoi repartit sans tarder. Les arbustes semblaient se raréfier au fur et à mesure de leur course vers le nord. Une famille de lions, un mâle, une femelle et deux petits les avaient regardés passer. Puis le mâle, après avoir baillé largement, les avait accompagnés de sa course souple et harmonieuse de félin, seulement sur une courte distance... à leur grande déception. Ils avaient ralenti pour mieux les voir. Louis admira sa noblesse, sa puissance et son agilité de fauve. Il se remémora longtemps cette famille de félins.

Vers Fort-Lamy

Fort-Archambault était une petite ville au bord du fleuve Chari. Des jardins où poussaient toutes sortes de légumes, le bordaient. C'était une ville militaire avec sa caserne de tirailleurs sénégalais en cours de formation et tout à côté, la caserne d'infanterie qui les hébergea.

Le soir Louis et Éric accompagnés d'une dizaine de camarades se promenèrent dans la ville puis descendirent au bord du fleuve dans le but de se baigner. On leur indiqua une plage de sable fin. Mais en arrivant, quelle ne fut pas leur déception ! Une dizaine de crocodiles particulièrement énormes l'avaient investie. Le lieutenant Arverne qui les accompagnait, tira quelques coups de feu au-dessus de leurs têtes avec son révolver. Ils déguerpirent en vitesse, trainant leurs gros ventres sur le sable, puis plongèrent dans l'eau comme dans un refuge opportun. Le charme était rompu et l'envie de se rafraîchir dans l'eau douce du Chari s'était envolée. La nuit tombait sur la ville. Ils rentrèrent à la caserne.

Le lendemain, ils reprirent leur course à travers la savane. La piste poussiéreuse avait été fortement endommagée pendant la saison des pluies. Les hommes étaient secoués et ballotés les uns contre les autres quand le camion passait une ornière. Éric et Louis, assis à côté du chauffeur, rebondissaient heurtant quelquefois le plafond de la cabine. Ils étaient initiés à la conduite du véhicule et remplaçaient le chauffeur pendant les longues heures du trajet.

Une longue caravane de dromadaires s'écarta de la piste pour les laisser passer. Elle semblait s'acheminer avec la lenteur du sage vers le nord du Tchad.

Grâce à leur ténacité, le convoi arriva tout couvert de poussière le deuxième jour à Fort-Lamy au beau milieu de l'après-midi.

De Fort-Lamy à Faya-Largeau

Ils pénétrèrent dans la ville par la belle avenue qui borde le fleuve Chari et passèrent à côté de son confluant avec le Logone. Eux qui venaient de traverser un désert poussiéreux, désolé, ils s'étonnèrent de ce beau boulevard ombragé par de grands palmiers.

La cité surgit toute blanche avec son quartier européen calme et propret et un peu plus loin le fouillis indescriptible des ruelles et des venelles du quartier indigène extrêmement vivant et grouillant d'une population enthousiaste, bigarrée et multiculturelle.

C'était une petite ville de douze mille habitants, brulée par le soleil, capitale d'un désert dont le sable pénétrait jusqu'au milieu de ses places. Des caravanes de dromadaires venant du Tibesti, du soudan ou du Niger confluaient vers elle pour y échanger leurs marchandises et leurs trésors.

Dès que tous les véhicules furent alignés en bon ordre dans la cour de la caserne, que les hommes furent regroupés en un semblant d'alignement, le capitaine de la caserne, leur apprit que le colonel Leclerc, commandant militaire du Tchad, les attendait à Faya-Largeau, situé à environ mille kilomètres plus au nord.

Louis et Éric se sourirent. Ils avaient cru que Fort-Lamy serait le but provisoire de leur épopée, un havre où ils se reposeraient, se désaltéraient longuement avant leurs baptêmes du feu. Ils s'étaient trompés ! Aussitôt arrivés, il fallait repartir, affronter le désert, son sable, ses températures extrêmes, sa canicule le jour sous le soleil brûlant, son froid glacial la nuit sous les étoiles en attendant toujours et encore les premiers combats…

Le lendemain fut occupé à faire le plein d'essence, d'eau, de rations. On leur fournit un nouvel uniforme : short et chemisette, casque colonial pour affronter la chaleur et le soleil la journée et une peau de mouton pour se prémunir du froid glacial de la nuit.

La caravane reprit la route le surlendemain sans plus attendre. La piste ferme et caillouteuse des premiers kilomètres, disparut rapidement sous le sable et les dunes. Cette poussière brûlante s'infiltrait partout. Ils en mangeaient, ils en respiraient malgré le chèche, ce foulard du désert disposé devant leurs visages.

Il fallait éviter l'ensablement qui ralentissait le convoi et qui malgré l'habileté des chauffeurs, pouvait survenir. C'était paradoxalement quand ils redescendaient d'une dune que cela arrivait. Ils sortaient alors les grandes plaques d'acier qu'ils glissaient sous les roues motrices et après quelques efforts, du courage et de nombreuses pelletés de sable, le véhicule repartait à l'assaut de l'immensité désertique !

Ils mirent encore plusieurs jours pour atteindre Faya-Largeau.

Faya-Largeau

Faya-Largeau est une oasis située au pied des monts du Tibesti. Par la clémence de tous les Dieux réunis, l'or du désert, l'eau qui est la source de toute vie, y est abondante. De nombreux palmiers avec leurs feuillages généreux forment un écran à l'ardeur du soleil. Sous leur protection, l'ombre est appréciable et les dates savoureuses.

Les montagnes du Tibesti battues et sculptées par les tempêtes de sable dressent leurs silhouettes noires au nord de la ville et semblent la protéger de tout envahisseur potentiel.

C'était dans cet oasis que le colonel Leclerc avait décidé de rassembler toutes les forces en sa possession pour attaquer les colonies italiennes de Mussolini.

Éric et Louis sentirent tout de suite que tout était changé. Rien n'était laissé au hasard. Tout était vérifié, compté : les armes et les munitions, bien sûr, mais aussi l'eau, l'essence, les rations … Les hommes étaient stimulés, presque impatients d'en découdre avec l'ennemi. Ils allaient partir d'abord à l'assaut du désert libyen et ensuite à l'assaut des forces italiennes retranchées dans des forteresses. Ils n'avaient même pas peur… Ils attendaient fébrilement…

Le vingt-quatre janvier 1941, le colonel Leclerc rassembla sur la place de Faya-Largeau l'ensemble des forces qui partiraient dés le lendemain au lever du jour. Cette armada paraissait impressionnante aux yeux de Louis. Il n'avait jamais vu un tel déploiement de véhicules en tout genre : Camions, jeeps, chars, automitrailleuses etc. Plus de cinquante véhicules et tout un bataillon d'hommes impossible à dénombrer de sa place dans le rang.

Le colonel ne les fit pas attendre. Il arriva dans sa jeep, entouré de deux officiers et d'un major britannique destiné à faire la liaison avec les troupes anglaises du Caire.

Alors, c'était lui le chef que De Gaulle leur envoyait ! Il était jeune. Il boitait légèrement et s'appuyait avec noblesse sur sa canne. Il s'approcha, fit face à la troupe qu'il salua avec simplicité.

Louis sentit qu'un tel chef ne pouvait que les emmener à la victoire ou à la mort. Tout en lui respirait l'homme avisé, le grand stratège : étaient-ce son allure, son port de tête, la fermeté de ses paroles, la franchise de son regard, la façon de passer en revue ses troupes avec à la fois de la grandeur et de la bonhommie ?

Quel discours leur fit-il ? Louis se rappelle qu'il fut stimulant et simple. Il leur dit que la France Libre avait besoin d'une victoire retentissante pour montrer au monde entier c'est-à-dire aussi bien aux alliés qu'aux ennemis qu'ils existaient, qu'ils rachèteraient ainsi l'honneur de la France bafoué… sali par Vichy, et que ce ne serait qu'une étape vers la victoire définitive sur les nazis, la libération de Paris et de Strasbourg…

Le Colonel Leclerc termina son laïus ainsi :

- Rompez les rangs ! Demain, dès l'aube, nous partons !

Vers Ounianga

Avant même le lever du jour, les moteurs vrombirent. La jeep de Leclerc en tête, montrait le chemin à travers les dunes, évitait les écueils de roches noires. A leur gauche s'élevaient les montagnes noires, compactes et massives du Tibesti, à leur droite l'immense désert de dunes s'étendait jusqu'aux confins de l'Égypte.

Louis, dans la cabine du « Bedford, » transpirait sous le soleil de plomb. Il buvait sa ration, quatre litres d'eau répartie sur toute la journée et, malgré tout, il avait toujours soif. Ils campèrent trois soirs de suite dans la nuit glaciale avec pour se protéger le large tapis de peau de mouton (le faro) qui faisait partie comme le casque colonial, de l'équipement du soldat du désert.

Le quatrième jour, ils atteignirent une zone lacustre. A leur grand étonnement, dans une vaste cuvette entourée d'une végétation dispersée, un ensemble de lacs très divers, les uns tout vert et couverts de roseaux, d'autres mauves et presque rouges, d'autres enfin gris-bleutés : C'était Ounianga. Plusieurs villages se dénombraient autour de ces lacs. Ils installèrent leurs campements autour d'Ounianga Kébir.

Louis et son compagnon dès qu'ils le purent, allèrent voir le lac le plus proche : le lac Yoan. Ses eaux étaient grises et hypersalés. On leur apprit plus tard que d'autres lacs avaient de l'eau douce. Ils étaient alimentés comme par miracle par une nappe phréatique qui semblait se renouveler à l'infini depuis la nuit des temps.

La population Toubou, fière et digne, les accueillis avec la chaleur due aux naufragés du désert. Elle se répartissait autour des lacs en plusieurs villages aux maisons basses en pisé et serrées en des ruelles étroites et tortueuses.

Les Toubous vivaient de l'élevage des chèvres, de moutons et de chameaux, cultivaient des légumes, pêchaient des poissons et récoltaient le sel. Ils étaient réputés pour être les meilleurs conducteurs de caravanes à travers le désert.

La colonne Leclerc stationna quelques jours à Ounianga, puis s'avança jusqu'au puit de Sarra tandis que leur chef partait en reconnaissance sur Koufra avec soixante hommes répartis dans vingt-deux voitures. Ils revinrent une dizaine de jours plus tard. Le Colonel Leclerc avait établi son plan d'attaque.

Koufra était une cuvette d'une cinquantaine de kilomètres de long dans laquelle se distribuaient cinq oasis. On disait que plus de cent puits étaient parsemés le long de cette cuvette.

L'orgueil de l'Italie fasciste s'affichait dans le fort d'El Tag disposé sur un gros rocher dominant la première et la plus importante oasis. Ce fort était complété par un terrain d'aviation avec six appareils qui pouvaient défendre la garnison.

El Tag était bien retranché et bien armé. Une compagnie y séjournait.

Le fort de Koufra était l'objectif du Colonel Leclerc.

Le baptême du feu

L'approche de Koufra dura deux jours. En avant, marche la compagnie avec la jeep de Leclerc en tête. Un avion de reconnaissance italien les survole le deuxième jour de bonne heure le matin, puis s'éloigne sans les mitrailler. Plus tard vers trois heures de l'après-midi, dans le repli d'une dune la « Compania Sahariana di Cufra » leur barre la route. Le convoi s'arrête. Le cœur de Louis bat à toute vitesse. Le moment tant attendu est là ! Ils sont en contact avec l'ennemi. Les ordres fusent de tous côté. Les camions doivent rester à l'arrière, protégés dans le creux des dunes.

Leclerc monte sur un monticule et, sans hésiter un seul instant, établit son plan d'attaque : Il ordonne au capitaine Rennepont et à son peloton de foncer droit sur l'ennemi en mitraillant de toute sa puissance de feu tandis que le peloton Geoffroy commencera un contournement vers la gauche et qu'un second contournement vers la droite s'élancera à vive allure à travers les replis du terrain.

A l'arrière auprès de leur camion, Éric et Louis semblent protégés à distance et dans un creux du champ de bataille. Ils ignorent tout de la tactique du commandant en chef. Tout à coup, ça canarde fort. Des balles sifflent autour de leurs oreilles, d'autres projectiles arrivent près d'eux ; des obus s'enfoncent dans le sable presque à leurs pieds. On leur ordonne de se protéger le mieux possible derrière le camion en se tenant prêt à le défendre, le fusil mitrailleur entre les mains. La bataille se prolonge. Elle parait durer un siècle à Louis qui transpire à grosses gouttes. Soudain, ça se corse encore. L'ennemi tire au canon sur les Bedford. Il rate leurs cibles dans un premier temps. Puis c'est le drame ! Du moins pour nos deux soldats : Un « Bedford » est touché. Il flambe. Le sous-officier qui les commande, ordonne de s'éloigner. Il n'y a rien à faire. Le camion est chargé d'essence et de munitions. Ils se terrent le mieux possible tandis que le camion explose et finit de se consumer…

Le canon ennemi tonne toujours. Un second camion est atteint et c'est le même scénario… Louis pleure de rage. Comment est-ce possible ? Ces camions qui étaient sa fierté, qu'ils avaient emmenés depuis Pointe-Noire d'abord par le rail, puis par la voie navigable du Congo, puis à travers les steppes et les déserts ! Tant de chemin, tant de jours, tant de transpiration pour les voir s'envoler en fumée à l'arrivée, en un instant, en ayant atteint le but ! Il en a les larmes aux yeux, mais il n'a pas le droit de pleurer… Il faut garder la tête froide et toute sa raison pour ne pas commettre l'irréparable : Un peu de panique ou d'inattention et c'est une mort certaine !

Soudain les projectiles cessèrent de tomber autour d'eux tandis que le bruit de la canonnade, des mitraillages continuait. C'étaient les nôtres ! L'ennemi encerclé de toutes parts préférait s'enfuir pendant qu'il était encore temps ! Et ce fut le silence, ô combien appréciable et bienvenu après tout le vacarme de la bataille. Louis avait l'impression qu'il était sourd, que ses oreilles saignaient… Le sergent qui les commandait, leur fit signe avec une bouteille à la main. Tous les soldats chargés de garder les camions accoururent autour de lui. C'est un sergent de carrière. Il est calme. Bravache, il bombe le torse. Il semble que pour lui, cette échauffourée n'est pas grand-chose. Son attitude rassure… Il plastronne :

- J'ai un remontant, les gars. Je crois que vous en avez besoin ! Beaucoup d'émotions pour pas grand-chose ! C'est le baptême du feu pour les plus jeunes… Demain, nous attaquons El Tag ! Il y aura du grabuge, des pleurs et des grincements de dents !

La bouteille circule. Après les affres de l'alarme et le fracas des armes, c'est l'instant du réconfort où le cœur se calme dans la poitrine, où le tremblement du corps s'estompe, où l'on reprend courage. On se regarde dans les yeux. On recherche un soutien dans le regard des autres. Le whisky est très fort. Il brule la gorge et fouette le sang. Il redonne tout de suite l'envie de continuer en oubliant ses premières peurs…

Ils avaient gagné cette première bataille. Les combattants en nage se regroupaient, échangeaient quelques mots, se désaltéraient, mangeaient un morceau.

Leclerc ordonne au peloton Rennepont de poursuivre les fuyards puis de le rejoindre devant Koufra.

La nuit devant Koufra

Désormais, le chemin pour attaquer le fort d'El Tag paraissait libre.

Les dix Bedford restants devaient rester à l'arrière à environ cinq kilomètres du fort et dispersés à cent mètres environ les uns des autres.

Louis prit le premier tour de garde de nuit. Un froid glacial avait succédé à la chaleur torride du jour. Il s'était enveloppé dans son « faro » et malgré tout grelottait. Il faisait les cent pas autour du camion, le fusil mitrailleur contre la poitrine. Sur la voute céleste scintillaient des étoiles. La lune éclairait le désert de sa lumière blafarde. Le silence était total quelquefois entrecoupé au loin par le cri d'un animal aux abois. L'ondulation des dunes avec le jeu des ombres et de la lumière irréelle l'inquiétait, le paniquait. Il croyait voir des ennemis ramper au sommet de l'une d'elle ou quelquefois dans un creux et s'approcher pour incendier « son » camion ! Par un réflexe grégaire, il braquait son fusil mitrailleur dans cette direction et constatait que ce n'était que le fruit de son imagination. Il se pinçait alors comme pour se réveiller de ce mauvais rêve et se disait qu'il devait ouvrir l'œil, et le bon car il était toujours possible qu'un commando ennemi s'infiltre parmi eux.

Au bout de quelques heures, Éric vint le remplacer :

- Tu dors ?

- Non ! ça va… C'est calme.

- Va te reposer ! J'ai l'impression qu'on aura besoin de toutes nos facultés d'attention demain.

Il s'installa sous le camion, dans le sable, à même le sol, enroulé dans son « faro » et malgré son inquiétude, il réussit à trouver le sommeil.

Ils furent réveillés de bonne heure par des coups de feu suivis d'une canonnade. Les mitrailleuses étaient déjà en action.

- Que se passe-t-il ?

Louis monta sur le capot du camion, puis sur son toit.

- La compagnie saharienne est revenue ! Elle tente de forcer le passage pour rejoindre le fort. Les nôtres s'y opposent ! ça barde !

Ils suivaient les pétarades du combat. Une fumée monta dans l'air. Un véhicule flambait. Il était difficile de savoir si c'était un véhicule ennemi. C'est alors que le lieutenant Arverne interdit de monter sur les toits des camions pour se préserver des balles perdues.

Soudain, ils entendirent des avions. L'aviation italienne (six ou sept chasseurs) venait prêter main forte à la compagnie saharienne sur le point d'abandonner le combat. Les avions mitraillaient abondamment les nôtres qui se battaient vaillamment. Après plusieurs passages l'aviation s'éloigna et ne revint pas. Se voyant abandonner la compagnie saharienne qui avait perdu trois véhicules dans la bagarre, s'enfuit à toute vitesse dans le désert.

L'accrochage avait duré deux heures et demie. On déplorait parmi les nôtres un mort et une dizaine de blessés. Néanmoins Leclerc avait le champ libre pour assiéger le fort El Tag de Koufra. Ce n'était pas une mince affaire car l'ennemi était solidement retranché, bien armé et disposait d'un effectif bien supérieur aux assaillants.

Le combat de Koufra

Leclerc installa son quartier général dans le village d'El Giof avec ses maisons basses, ses mur blancs, en pisé et son enchevêtrement de ruelles étroites tout près de la palmeraie. Il savait que ce siège serait long et difficile. Il fallait obtenir la reddition de l'adversaire par un harcèlement continu.

L'unique canon de soixante-quinze fut disposé à trois kilomètres et demi du fort. Commandé par un jeune lieutenant, il fit des ravages, détruisant le mess des officiers, le casernement de la troupe et même le mat au sommet duquel flottait le drapeau de l'Italie fasciste. Disposé sur un camion, les artilleurs le changeaient de place pour faire croire à un dispositif d'artillerie conséquent.

Éric et Louis, après le coucher du soleil, approvisionnaient en obus les artilleurs. Le canon tirait une trentaine d'obus par jour. Bientôt, leur camion en manqua. Ce fut à une autre équipe de prendre le relai.

Les mortiers disposés plus près, à environ mille cinq cents mètres, par leurs tirs incessants terrorisaient les assiégés. Les tanks et les automitrailleuses s'approchaient en tiraillant et décourageaient toute sortie du fort.

Au début, les Italiens réagissent fermement. Ils essaient de détruire leurs agresseurs sans succès. Au fur et à mesure que les jours passent, Leclerc sent leur lassitude puis leur démoralisation s'installer. Aucune colonne ne vient les secourir alors que les Français reçoivent presque tous les jours des approvisionnements par des camions qui malgré les difficultés, la distance, les enlisements arrivent jusqu'à eux.

Louis et Éric sont maintenant employés à constituer une piste d'atterrissage, à l'affermir, à l'aplanir et à la baliser afin qu'un avion sanitaire puisse se poser. Ils préfèrent travailler la nuit quand la température descend. Ils ont un tank mis à leur disposition pour affermir le sol et toute une équipe de terrassiers avec des pelles. Après deux nuits d'effort l'avion peut atterrir et évacuer les blessés au nombre d'une quinzaine vers Fort-Lamy.

Du dix-neuf au vingt-huit février 1941, la colonne Leclerc canarde sans faiblir le Fort El Tag.

Le 28, tout change. Un officier italien précédé d'un soldat avec un drapeau blanc sort du fort et emprunte la route qui descend vers le village. Leclerc envoie deux officiers à sa rencontre. Les Italiens désirent une trêve pour évacuer leurs blessés. Leclerc refuse. Il veut une reddition complète de l'adversaire dans l'honneur et le respect des conventions de Genève sur les prisonniers de guerre.

Les Italiens rentrent au fort. Les officiers français ont senti leurs désirs de cesser le combat. Ils le soulignent dans leur rapport à Leclerc qui fait ce commentaire :

- C'est bon. On les tient !

Et le combat reprend de plus belle. Il faut relever les combattants fatigués par quinze jours de combat acharné. Louis et Éric sont mobilisés sur une automitrailleuse. Louis au volant à la mission de la déplacer à droite, à gauche, en avant, en arrière, à trois cents ou quatre cents mètres du fort tandis qu'Éric avec le chef Arverne mitraillent pendant les arrêts. Parfois des balles ricochent sur le blindage sans dommage. Des obus qui signeraient la fin définitive de leur aventure, s'enfoncent dans le sable à quelques mètres devant eux. Ils s'arrêtent à la nuit tombée, épuisés à bout de nerf, heureux d'être encore en vie…

Louis quand il monte au petit jour dans l'automitrailleuse, éprouve une peur intérieure, intense, indescriptible. Ses dents claquent… Est-ce le froid ? Il tremble, mais ne le laisse pas voir… Cette peur pourrait le paralyser s'il n'était stimulé par les ordres de son chef. Dès les premiers tirs, son attention est fixée par les difficultés du terrain pour se déplacer parmi les dunes, les creux et les bosses ainsi que les tanks et automitrailleuses amis qui quelquefois lui barrent le chemin.

Deux jours plus tard après de longues palabres, le Capitaine italien Colonna, commandant du fort, accepte les conditions de redditions de Leclerc. C'est la première victoire de la France libre !

Quatre cents prisonniers italiens et libyens combattants sous l'uniforme de l'Italie fasciste, seront emmenés par étape vers Fort-Lamy. Le butin est énorme : Des armes et des munitions ainsi qu'une dizaine de véhicules viennent enrichir l'armement de la colonne Leclerc.

Le deux mars 1941, les troupes françaises victorieuses sont rassemblées dans la cour du fort. Leclerc apparait devant ses troupes et après avoir félicité ses combattants, il conclut ainsi son discours : « Nous ne nous arrêterons que quand le drapeau français flottera sur la cathédrale de Strasbourg ! »

La nouvelle de cette première victoire de la France libre s'étend d'abord dans toute l'A.E.F (Afrique Equatoriale Française), puis à Londres et enfin au monde entier.

De Gaulle félicite le Colonel Leclerc, puis le nomme Général. Pendant plusieurs soirs, la B.B.C commente cette victoire. En France, ceux qui écoutent la radio de Londres sont informés. Les réseaux de résistance en cours de formation sont confortés. La victoire de Koufra soulève un immense espoir parmi eux…

Au petit jour les ordres fusent. Ils s'en vont ! Ils retournent vers leurs bases. Ils ne savent pas encore laquelle : Faya-Largeau ? Fort-Lamy ? La jeep de Leclerc est en tête. Elle leur montre la direction. Louis et Éric sont dans leur camion. Il se manœuvre mieux, allégé des obus tirés sur le fort. Ils sont fiers de leur première victoire, plein d'espoir aussi que d'autres suivront jusqu'à la libération de Paris et de Strasbourg. Mais, quel sera le prix à payer. Il sera lourd. Il le craint ! Louis a aidé les brancardiers à embarquer les blessés dans l'avion sanitaire. Il a aussi mis dans la soute à bagages les corps de quatre camarades tués au combat. La libération de la

France se fera-t-elle au prix de la mort de milliers de combattants ? Il le craint vraiment et parfois une larme lui vient. Alors il se reprend, pense à autre chose, mais cette pensée revient, l'obnubile…

Ils se sont éloignés seulement de quelques kilomètres quand ils entendent au loin des explosions. Louis se tourne vers le chef, assis à côté d'Éric :

- Ce sont les artificiers qui détruisent les fortifications du fort. Koufra, c'est fini ! Nous irons vers d'autres victoires.

L'épopée continue…

L'année 1941

Leclerc avait raison. A-t-il a voulu créer un choc psychologique devant la communauté française et internationale ? Dans ce cas, il a réussi ! La petite victoire de Koufra sur un bastion de l'Italie fasciste a eu un grand retentissement. D'abord dans toute l'A.E.F. où des patriotes endormis, découragés par la défaite de la France, se réveillent. Il est désormais possible de vaincre et après de nombreux sacrifices, d'aller délivrer la métropole de l'oppression hitlérienne. C'était comme une évidence dont on attendait la démonstration. Et celle-ci vient d'être faite ! De toute l'A.E.F. et d'ailleurs convergent des volontaires vers Fort-Lamy.

La victoire de Koufra redonne confiance aussi au monde libre, à nos alliés les Britanniques et à leur immense empire. Ils n'hésiteront plus à fournir aux F.F.L du matériel, des véhicules, des armes et des blindés.

Éric et Louis reviennent à Faya-Largeau au volant de leur camion ; ils deviennent la cheville ouvrière d'une tâche immense. Ils aident au rassemblement des forces qui vont repartir à l'assaut des places fortes italiennes. La petite bourgade perdue dans le désert se développe et devient une ville avec des rues, une place, des boutiques, une chapelle et un cercle où les militaires vont se détendre le soir après leur dure journée de labeur. On y bâtit des logements, des casernes, des garages pour l'entretien du matériel. Le terrain d'aviation est agrandi et amélioré.

1941, c'est l'année où l'axe (Hitler et Mussolini) multiplie les conquêtes. Hitler est obligé d'aider les Italiens en difficulté en Albanie, d'occuper la Yougoslavie, puis la Grèce. Il se disperse, alors qu'il prépare en secret l'opération « Barbarossa » c'est-à-dire l'invasion de l'URSS qui sera son premier pas vers sa perte.

Éric et Louis essaient de se tenir au courant en écoutant la radio, la BBC, qu'ils arrivent à capter quelquefois à Faya-Largeau. Ils sont inquiets, mais ne désespèrent jamais. Ils ont la foi dans l'impossibilité qu'une idéologie totalitaire puisse dominer le monde durablement et qu'elle sera finalement vaincue. De toute façon, dans le « bled » où ils sont, il est très difficile de se faire une opinion claire de la tournure de évènements tant les bonnes, les mauvaises ou les fausses nouvelles coexistent et qu'il est très difficile de séparer le bon grain de l'ivraie.

Ils savent que les Britanniques partis du Caire ont infligé une rude défaite aux Italiens en Tripolitaine en ce début de 1941. Les Italiens sont sur le point d'en être chasser. C'est pourquoi Hitler décide d'envoyer l'Afrika-korps commandé par le général Erwin Rommel. Celui-ci débarque à Tripoli en avril 41 avec 45000 hommes et 250 chars avec comme objectif le Caire et le canal de Suez.

Les Britanniques refluent devant l'avancée des Panzers allemands.

La colonne Leclerc rassemble ses forces pour attaquer les forces de l'axe sur son flanc droit. Éric et Louis sont de ceux qui s'avancent vers Zouar au Tibesti distant d'environ cinq cents kilomètres. Après une longue traversée dans les dunes et le sable, ils atteignent les montagnes noires du Tibesti. Le relief se relève, le sol devient plus dur, rocheux. Des roches, quelquefois de gros rochers encombrent la piste. Les artificiers du génie les font sauter, puis les dégagent. La piste est améliorée pour que d'autres caravanes puissent passer plus librement.

De dangereux défilés se profilent entre des montagnes. Ce pourrait être le lieu d'un guet-apens que l'ennemi pourrait tendre à la colonne. On raconte que des avancées allemandes viennent en reconnaissance dans ces contrées très éloignées de leurs bases. Le commandant Guillebon en doute fortement mais il envoie par prudence une automitrailleuse en reconnaissance. Celle-ci traverse la passe sans coup férir. Non, le terrain est libre et bien libre. La colonne avance et après plusieurs jours d'un cheminement laborieux, elle atteint enfin Zouar.

Zouar

C'est un lieu désolé, battu par les vents de sable dans le Tibesti à environ huit cents mètres d'altitude. La roche noire a remplacé les dunes. C'est certainement parce que la population locale n'a jamais admis la domination française que l'armée a relevé un ancien fort ottoman avec des roches taillées sur place pour former une fortification rectangulaire parsemé de tours carrées et crénelées. A l'intérieur, le sol pierreux a été aplani le plus possible par les différentes occupations du site. Plusieurs puits coexistent dans ce fort militaire.

Dans cet endroit, le Général Leclerc a décidé de rassembler son armée pour se lancer à l'assaut du Fezzan et aller prêter main forte aux Anglais qui reculent devant l'Afrika-korps de Rommel.

Elle impressionne fortement Louis, la colonne Leclerc. Il ne peut les dénombrer tellement ils sont nombreux les véhicules, peut-être un millier, parmi lesquels une centaine de camions de ravitaillement en munitions, eau, essence, des tanks, des automitrailleuses, des jeeps etc… Il y a des milliers d'hommes venus de partout, d'Europe, de toute l'Afrique et les tirailleurs sénégalais du Tchad qui ne sont d'ailleurs pas que Sénégalais.

En décembre 1942, par vagues successives, le Général Leclerc ordonne d'avancer. Il a divisé son armée forte de deux mille trois cents véhicules divers et de quatre mille six cents hommes en sept détachements. Chacun reçoit la mission d'attaquer et de prendre les retranchements de l'ennemi aussi bien que les forts et les postes isolés puis de se rassembler ensuite à Uig-el-Kebir, qui comme son nom semble l'indiquer est un puit en plein désert libyen.

Leclerc commande le septième détachement qui doit assurer la sécurité du point de rassemblement.

Pendant le mois de décembre 42, toutes les places fortes italiennes sont prises parmi lesquelles : Gatroum, Tedjere, Mourzouk, Umm el Araneb etc.

Éric et Louis reprennent le volant. Ils font partie de la cinquantaine de camions qui suivent à distance Leclerc et son détachement. Des automitrailleuses assurent leur sécurité. Ils sortent enfin des montagnes du Tibesti, de l'erg, du terrain rocheux, de ses défilés pour de nouveau affronter les dunes et ses enlisements fréquents dont on se dégage difficilement après avoir longtemps lutté, mètre par mètre, en mettant les plaques d'acier devant les roues tractrices du Bedford. Mais à force de ténacité et de courage les kilomètres sont avalés. Ils roulent la nuit quand la température est basse, tous feux éteints pour échapper à la surveillance aérienne de l'ennemi. Ils se camouflent et se reposent la journée pour de nouveau avancer au crépuscule.

Louis se bat en secret contre lui-même. Rouler la nuit, se reposer le jour dans la chaleur ont fini par l'anéantir. Il se laisse aller au découragement et se demande pourquoi il s'est engagé dans une telle épreuve. N'était-il pas trop jeune, trop faible physiquement et mentalement ? Il se répète : « Mais que fais-tu dans cette galère ? Tout ça, parce que tu n'as pas pu tolérer de voir les nazis défiler sur tes Champs Elysées. » Puis il chasse ses idées moroses et serre les dents. Non ! se dit-il, il a eu raison d'apporter son aide si minime soit-elle à la grande œuvre de régénération de la France. Pendant les moments de poses, il regarde son ami. Il sait qu'il pense la même chose, mais ne dit rien. Alors, ils se tapent sur l'épaule et se disent :

- Sûr qu'on le reverra notre Paris, et, là, il sera vraiment, définitivement délivré ! Ce sera le plus grand bonheur qu'ils puissent nous arriver dans notre vie à égalité peut-être avec la rencontre d'une femme qu'on aimera éperdument !

Alors, il songe à l'avenir. S'il ne meurt pas en route, continuera-t-il à rouler sa bosse, à être un aventurier ? Non ! La première femme qu'il rencontrera sera la bonne et les pieds bien plantés en terre il cultivera son jardin, un jardin de bonheur.... Voilà quel sera son avenir pense-t-il au volant de son Bedford en scrutant la nuit et en essayant de rester éveillé... pendant qu'Éric ronfle sur la banquette à côté de lui.

Pendant ce temps

Rommel et l'Afrikakorps avaient débarqué à Tripoli en avril 1941. Accourus au secours des Italiens que les Britanniques de Montgomery avaient enfoncé largement, les Allemands, forts de deux cent cinquante chars et de quarante-cinq mille hommes mirent rapidement ceux-ci en déroute.

Trois mille hommes des forces françaises libres venus du Liban, de Syrie et d'Afrique qui combattaient avec les Britanniques, commandés par le Général Koenig, s'enfermèrent dans le fort de Bir Hakem en plein désert libyen, pour stopper l'avance allemande et donner à Montgomery - en déroute - le temps de regrouper ses forces. Les Français résistèrent pendant quinze jours aux bombardement incessants des Allemands. Ce n'est qu'à cours de munitions et d'eau qu'ils levèrent le siège en pleine nuit, traversant les lignes allemandes vers le sud sur leur point faible et après bien des souffrances à travers le désert, rallièrent les lignes britanniques.

Pendant ce temps, Montgomery avait reçu des renforts. Il reprit l'offensive. Les Allemands, loin de leur base, étaient mal ravitaillés en essence et munitions par les Italiens chargés de cette tâche. Ils furent enfoncés à El Alamein en octobre 1942 et de là refluèrent vers Tripoli, puis vers la Tunisie.

Eric et Louis ignoraient ces informations. On disait parmi eux que l'Afrika-korps était maintenant en déroute et refluait vers Tripoli.

Louis trouvait le temps long. Il aurait aimé qu'on lui dise : « Demain, vous embarquez pour le sol français que ce soit le Midi ou le Nord via l'Angleterre. » Il s'impatientait. La colonne Leclerc attendit de longs jours dans le désert libyen espérant l'ordre du Général Montgomery de se joindre à eux. Ils avançaient lentement de quelques cinquante kilomètres par jour. Louis préférait l'action avec l'adrénaline qu'elle procure à l'endormissement et l'amollissement de la stagnation. La monotonie des jours semblait allonger le temps. Il lui venait la peur de rester cloué dans le désert et d'y devenir vieux sans connaître de nouveau l'agitation, le charivari et le tintamarre de sa place Clichy.

Enfin ce fut la joie, les Britanniques avaient pris Tripoli. Les Allemands en déroute fuyaient… La colonne avança enfin, et arriva en quelques jours à Tripoli. Elle se joignit aux autres FFL du général Koenig.

Deux jours après, on les informa que l'ensemble des FFL était rassemblé sous le nom de deuxième division Blindée dont le commandement en chef avait été confié au général Leclerc.

Tripoli

Ils approchaient de Tripoli. Seuls quelques éléments de l'unité du Général Leclerc pouvaient entrer dans la périphérie de la ville pour rejoindre le quartier général de la huitième armée britannique de Montgomery. On les fit arrêter à quelques kilomètres du but dans la campagne semi-désertique, parsemée ici et là de bosquets d'épineux et un peu plus loin d'une palmeraie dont l'ombre bienfaisante les abrita de la sévérité du soleil.

De loin, ils voyaient dans l'horizon flamboyant, la ville haute sur son rocher et les remparts grisâtres du château mauresque dominant la vieille ville. Ils devaient attendre là, si près du but, l'ordre d'aller faire le plein d'eau, d'essence et de munitions au port. Un cargo britannique en provenance d'Alexandrie y était attendu.

L'attente leur parut longue. Heureusement le deuxième jour, leur chef, le lieutenant Arverne, vint leur donner la permission de la journée pour la moitié des effectifs. Éric et Louis furent désignés parmi les chanceux. Ils étaient une dizaine de compagnons de l'intendance et parmi eux se trouvait Hans et Jean-Paul l'Alsacien de Colmar, tous joyeux drilles pour cette occasion exceptionnelle. Quelle ne fut pas l'enthousiasme pour ces soldats du désert de retrouver une ville vivante et colorée avec des boutiques, des marchés, une ville haute que domine le château barbaresque, les petites rues tortueuses de sa médina avec ses casas blanches aux toits plats et sa grande avenue le long de la mer bordée de palmiers avec ses plages de sable fin et doré !

Éric et Louis contemplent longuement l'immensité de la mer. Ils imaginent au loin l'Europe et leur pays. Pris d'un enthousiasme fou, ils courent et plongent dans l'eau salée tout habillés malgré la saison. Nous sommes en février 1943… Tout ruisselants d'eau, ils s'étreignent, s'embrassent et se congratulent. Ils ont une permission pour la soirée, mais dans quelques jours, il faudra reprendre le volant du Bedford pour ravitailler les combattants à la poursuite de l'armée allemande en déroute à laquelle il ne faut pas laisser de répit.

L'auteur s'arrête un instant pour essayer de comprendre l'état d'esprit du « bidasse » moyen qui chaque jour affronte la mort. Celui-là ne peut un seul instant envisager la vieillesse, sa vieillesse. Il vit au jour le jour, content de s'en être tiré un jour de plus. Alors, quand enfin arrive un jour de grâce où il pourra vivre loin du fracas des armes et des affres de la guerre, il en profite pour oublier les atrocités, et comme il n'y arrive pas vraiment, il se saoule et se vide les organes qu'on dit nobles dans une orgie digne des Dieux de l'Olympe et de Bacchus en particulier...

Ils passent leur soirée à se promener sur les avenues de la ville européenne et s'arrête, du côté du port, dans une pizzeria pour y dévorer des pizzas arrosées de Chianti jusqu'à la lie, jusqu'à l'ivresse…

Au détour d'une rue, une lanterne rouge les informe qu'il existe un établissement pour évacuer ce surplus de jeunesse et d'énergie sexuelle intempestive. Ils en ressortent heureux mais leur état d'ébriété est si manifeste qu'une jeep de la police militaire britannique en maraude les arrête, les morigène avec sévérité et dans leur langue. Éric et Louis se retiennent de rire aux éclats tellement cet accent leur apparait comique dans leur délire d'ébriété... Ils sont à deux doigts d'être mis aux arrêts de rigueur ! Mais finalement, compte tenu des circonstances compréhensibles, on les ramène à leur poste à la périphérie de la ville sans autre forme de procès.

Le lendemain, les chauffeurs des camions sont invités à s'approcher du port. Le cargo est arrivé et chaque camion reçoit son lot de munitions. Ils reprennent la route sans tarder en suivant le littoral. On dit que Hitler a rappelé Rommel auprès de lui, en laissant le commandement du reste de l'Afrika-korps à son subalterne.

Les Allemands pénètrent en Tunisie. Ils espèrent rembarquer à Tunis mais acculer par les Britanniques, les FFL et aussi les Américains débarqués en Afrique du Nord depuis novembre 1942, ils sont obligés de se rendre. Des 45000 hommes, ils n'en restent plus que 13500. Les carcasses de leurs chars gisent dans le désert. Les hommes bénéficieront du statut de prisonniers de guerre et seront emmenés aux Etats Unis.

C'en est fini de l'Afrika-korps !

Alger

C'est à ce moment que l'histoire de Louis, mon père, ce héros, prend un virage plus personnel.

Son unité en route vers le Maroc, séjournait dans une caserne de Blida, non loin d'Alger. Il est certain que l'euphorie de la victoire, la sensation d'être sorti sain et sauf des déserts et des combats, la joie de retrouver un pays accueillant qui ressemble tant au midi de la France, toutes ces raisons réunies et peut-être bien d'autres encore, ont fait que notre héros oublia sa quinine, qu'il sortit de nombreux soirs dans Alger avec ses amis, qu'ils vidèrent de nombreuses bouteilles du vin local, Mascara, Sidi Brahim et autres, et de bières, fréquentèrent les bordels des rues discrètes… Toutes ses causes se réunirent et se liguèrent pour qu'un matin, Louis se retrouvât très malade, claquant des dents, transpirant toute l'eau de son corps, tremblant de tous ses membres et délirant… Ses camarades alertés le transportèrent à l'infirmerie. Une crise de paludisme aigüe fut diagnostiquée. Le médecin déclara qu'il s'agissait d'une forme maligne, très sévère. Il le transféra en urgence à l'hôpital militaire d'Alger.

Combien de jours resta-t-il inconscient ? Louis ne sut jamais le dire… certainement assez longtemps… Quand il ouvrit les yeux, ce matin-là, un doux soleil inondait sa chambre. Était-ce le printemps ? Peut-être… Il eut la merveilleuse impression de renaître dans un monde apaisé et meilleur. Une infirmière s'empressait autour de lui en chantonnant de sa voix douce un refrain du temps passé. Louis n'aperçut d'abord à travers le flou de sa vue qu'une blouse blanche bien remplie par des formes avantageuses.

L'infirmière rangea ses affaires sur son chariot et jeta un dernier coup d'œil avant de s'éloigner. C'est alors qu'elle vit « son » patient qui émergeait peu à peu à la vie. Un regard étonné cherchait le sien, des lèvres bougeaient cherchant les premiers mots à chuchoter, mots qui visiblement tardaient à sortir de cette bouche alanguie par plusieurs jours de coma.

D'un geste lent, elle approcha une chaise et s'assit posément. Sa main s'approcha et se posa avec douceur sur le poignet de Louis. Elle murmura d'une voix agréable, féminine et consolante :

- Enfin ! Vous vous réveillez…

Elle soupira en souriant devant ce miracle inouï qu'elle n'espérait plus.

- Enfin ! Vous m'avez donné tant de soucis… J'ai eu si peur !

La main chaude et réconfortante posée sur son poignet, cette voix douce et apaisante dissipèrent le brouillard devant ses yeux. Louis vit sous la coiffe blanche d'infirmière entourée de cheveux brun, très brun, le plus beau des visages régulier et mat, éclairé par un regard d'où émergeait toute la bonté du monde et des lèvres épaisses et charnues qui appelaient les baisers… Baisers qu'il aurait voulus lui donner instantanément malgré son état de faiblesse. Louis était véritablement hypnotisé par ces yeux verts-émeraude – magnifiques - porteurs de vie, d'espoir et d'amour.

S'aperçut-elle de l'ambiguïté de cet instant prodigieux ? Elle y mit fin en disant :

- Allez, rester calme et reposez-vous ! Vous paraissez être enfin… sorti d'affaire ! Réveillez-vous doucement, je reviens dans un instant…

Elle se leva, poussa en trottinant son chariot. Quand elle ferma la porte en se retournant, le plus aimable des sourires illumina son visage… Son patient le reçut comme une promesse d'amour…

Louis se rendormit en ayant l'impression qu'un ange blanc s'était penché à son chevet.

Il fut réveillé plus tard par le médecin entouré de son aéropage d'assistants, d'infirmières et d'élèves-infirmières.

- Vous êtes tiré d'affaire, jeune homme, déclara-t-il. Mais, il s'en est fallu de peu que vous y passiez ! Vous devez la vie au dévouement de ces infirmières pour la plupart bénévoles…

Louis leur sourit en remerciant faiblement. Le maître s'adressant à l'infirmière-chef munie d'un registre, reprit d'un ton ferme :

- Vous pourrez arrêter les perfusions, lui donner des repas surprotéinés et le lever au fauteuil dès cet après-midi... Vous l'aiderez à se mettre debout seulement demain matin.

Pour Louis, s'écoulèrent les jours les plus merveilleux de sa vie. Il était amoureux… Chaque instant était l'attente délicieuse que son ange blanc apparaisse. Dans un premier temps, il lui fit comprendre que ses visites étaient pour lui comme un baume au cœur, mieux qu'une potion magique, un rayon de soleil ! Que son sourire était le meilleur des fortifiants !

Puis il osa lui demander son prénom…

- Qu'importe mon prénom s'offusqua-t-elle, vous allez nous quitter bientôt, partir au loin et vous m'oublierez…

- Au moins, pouvoir mettre un nom sur ce merveilleux regard, ce sourire magnifique, il sera le plus beau, le plus doux de tous les souvenirs de ce beau pays !

- Je vous en prie, arrêtez !

Pour toute réponse, elle haussa les épaules et s'enfuit…

Le lendemain, le médecin-chef parla de sa prochaine sortie.

- Encore quelques jours de repos et vous réintègrerez votre unité, jeune homme !

Son sang ne fit qu'un tour. Ainsi, il allait la perdre et… pour toujours ! Il devait tenter le tout pour le tout ! Il avait appris depuis Koufra avec son grand chef, le Général Leclerc, qu'il fallait attaquer, bille en tête, les forteresses les mieux défendues, les plus imprenables. Et, en effet, les circonstances bannissaient tout attentisme !

Un destin, magnifique l'y aida.

Un soir, il finissait à peine son repas quand on frappa à sa porte. Son infirmière entrebâilla la porte. Un magnifique sourire s'épanouit sur son visage… On aurait dit qu'elle hésitait, qu'elle avait la sensation confuse de commettre une bêtise. Louis sentit une émotion forte envahir tout son être. Enfin, elle était là… sans sa blouse blanche, sans sa coiffe, ses cheveux noirs largement étendus sur ses épaules, dans une simple robe qui mettait en évidence une taille de guêpe et une poitrine… généreuse.

- Voyons, n'hésitez pas… Entrez, s'empressa-t-il de dire.

Quand elle se posa sur la chaise, il remarqua encore une fois son large bassin. Il eut cette pensée foudroyante : « C'est à vous donner une envie folle de… paternité ! »

Elle approcha sa chaise. Après s'être éclaircie la voix, en rougissant, elle dit tout bas, comme s'il s'agissait d'un secret :

- Je m'appelle Yasmina… Jasmine pour vous…

- Yasmina ! que c'est joli… J'aurais dû le deviner !

- Je suis d'origine kabyle et de tradition musulmane... J'ai quitté mon village de Kabylie, il y a trois ans pour devenir infirmière… Je n'y retourne que très rarement… Vous voyez tout nous éloigne…. Vous, le combattant qui allez repartir ! Sur votre fiche, j'ai vu que vous étiez né à Paris : vous êtes donc Parisien ! Vous voyez bien que vous n'avez rien à voir avec moi…

- Pourtant, il y a un lien qui m'attache à vous… Il est plus fort que toutes les différences : C'est une attirance qui m'aimante vers vous, autrement dit, un amour sincère que j'éprouve à votre égard…

Elle éclata de rire…

- Je ne vous crois pas !

- Oui ! Je suis sincère… Je n'ai qu'une seule envie, vous embrasser, vous prendre dans mes bras… et c'est plus fort que tout !

- Bon, tout ceci demande réflexion… Savez-vous qu'on ne m'a jamais parlé ainsi ? Je me sauve de peur de craquer, mais en vous disant : A demain ! Je reviendrai vous voir… Mais seulement pour parler…

- Attendez, ne partez pas si vite… Dites-moi où je peux vous rencontrer en dehors de cette chambre d'hôpital… Je ne peux pas attendre jusqu'à demain… J'ai besoin d'être fixé sur mon sort maintenant…

- C'est simple… Les infirmières ont leurs chambres juste au-dessus… sous les combles !

- Alors j'irai frapper à votre porte à la tombée de la nuit quand tout est calme, si vous me dites votre numéro de chambre…

Elle réfléchit… Elle hésita… Il valait mieux ne pas satisfaire cette demande… Puis elle dit :

- C'est de la folie ! Mais, si vous me promettez d'être sage ! Seulement… Parler, discuter… Mais, rien de plus. Vous entendez… Vous me promettez, rien de plus !

Il acquiesça sans rien promettre vraiment !

- C'est la numéro seize…

Elle mit la main devant sa bouche comme si elle avait dit une bêtise, rougit un peu ; cet aveu la rendit confuse un instant… Elle venait de commettre une erreur, mais c'était plus fort qu'elle. Elle ne pouvait résister à l'empressement de ce jeune homme…

C'était comme une capitulation… Il avait gagné ! Louis allait pouvoir entrer dans la place ! Il se retint de manifester une trop grande joie et déclara :

- Si les circonstances le permettent, je serai chez vous vers vingt et une heures !

Elle eut un sourire pincé, se leva et disparut sans aucun autre commentaire.

Pour Louis, commença l'attente la plus longue, la plus terrible de sa vie. Il ne put absorber aucun aliment de la journée. Son émotion était telle qu'il l'assimilait à de la peur, que son cœur battait la chamade dans sa poitrine, que quelquefois, à son corps défendant, il était pris de tremblements. Cette sensation émotionnelle, il la compara à celle éprouvée à Koufra, quand son chef l'informa que le lendemain à l'aube, il piloterait sous le feu de l'ennemi, une automitrailleuse, le chauffeur « habituel » ayant été grièvement blessé la veille. Toute la nuit, il avait éprouvé des sensations contradictoires, certes la peur de mourir, mais aussi la crainte de commettre l'irréparable à l'aulne de la morale universelle : Tuer !

Alors, il se dit que ce rendez-vous amoureux si important, n'avait rien de comparable. D'ailleurs, quand il était monté dans l'automitrailleuse, qu'il était dans le feu de l'action, qu'il se déplaçait en zigzag tandis que le tireur arrosait de balles l'ennemi, il n'avait plus peur… Par conséquent, il devait avoir confiance d'abord en lui et en l'immense bonté de cette femme. Alors, s'éloignant de l'instinct destructeur du combattant, monta en lui une sensation surprenante, qui l'étonna lui-même, comme des sentiments procréateurs, l'envie de créer une œuvre immense : donner la vie, engendrer, donner la chance de vivre à un petit être qui deviendrait un homme ou une femme, aux yeux aussi magnifiques que leur mère…

Cette pensée en atteignant son être profond le calma… Dès lors, son attente devint délicieuse et c'est avec une confiance nouvelle, presqu'avec volupté qu'il sentit le temps s'écouler, les aiguilles de l'horloge avancer jusqu'à l'heure fatidique qui, si le destin le voulait, deviendrait créatrice.

La nuit était tombée. Le moment d'agir avait sonné à l'horloge d'une lointaine église. Louis ajusta son pyjama, mit des savates à ses pieds en guise de chaussons, puis se ravisa. Elles étaient bruyantes et martelaient quelque peu le sol malgré toutes les précautions. Pieds nus, il entrebâilla la porte de sa chambre. Le couloir était calme. Les néons étaient déjà éteints et seules des veilleuses permettaient de déambuler sans encombre dans la nuit. Le seul obstacle était de passer devant la cabine vitrée de l'infirmier de garde. C'était un sergent de l'armée connu pour faire respecter à la lettre les règlements. Sa sévérité pour les contrevenants était légendaire. On comprend les précautions que prit notre héros. Il s'approcha à pas de loup, le cœur battant, risqua un œil à travers la vitre et éprouva un immense soulagement... L'infirmier ronflait comme un bienheureux, écroulé dans un fauteuil, anesthésié par les multiples bières absorbées au fur et à mesure de la journée. Néanmoins, il se courba pour passer devant la cabine.

Louis accéléra le pas, monta l'escalier quatre à quatre sans rencontrer âme qui vive et se retrouva en un clin d'œil dans « Nurse ville » ainsi qu'il était de tradition de nommer les chambres des combles réservées aux infirmières. Le couloir était particulièrement sombre, seulement éclairé par la pleine lune qui procurait une lumière blafarde à travers un œil-de-bœuf situé à l'autre bout de ce long corridor. Déjà en plus d'une émotion arrivée à son summum, il sentait une chaleur, des fourmillements, un gonflement en bas de son ventre, assimilable à une érection…

Il fallut un bon moment à Louis pour distinguer les numéros sur les portes, pair à droite, impair à gauche, par nombres décroissants. Il avança lentement en contrôlant sa progression : chambre vingt-deux, vingt, dix-huit et enfin la chambre seize. Il était arrivé… C'était bien là, la place si importante de son désir !

Avec des mouvements de félin, il clicha le loquet et entrouvrit la porte. Une lumière blafarde éclairait l'austérité de ce lieu… Mais, un grand sourire l'accueillit… Tellement magnifique que Louis ne s'attarda pas à la simplicité de cette mansarde exigüe aux murs nus qui avaient été blanchis dans un passé lointain.

Non ! Il ne vit que le magnifique sourire qui éclairait ce doux visage au-dessus d'un corps sublime seulement habillé d'une chemise de nuit légère rose pâle qui laissait deviner tous les attributs féminins que Louis rêvait de caresser depuis son réveil, c'est-à-dire depuis sa renaissance à la vie. Ce sourire si magnifique était comme un passeport pour un bonheur qu'il n'avait jamais éprouvé et n'imaginait pas encore.

Il s'avança lentement et s'assit sur une chaise disposée à côté du lit.

Elle, elle savait le désir d'un homme qui pénétrait dans sa chambre la nuit tandis que Louis se demandait encore si sa « belle » accepterait son engouement jusqu'à son envie « procréatrice ».

Il courba le front, saisit la main de Jasmine posée sur le bord du lit et l'embrassa d'abord doucement comme s'il en demandait la permission, puis avec ardeur. Elle lui caressa les cheveux avec son autre main et lui dit de sa voix apaisante pour calmer les craintes de cet amoureux qui lui parut à cet instant si novice :

- Eteint, en lui désignant l'interrupteur et... Viens tout contre moi.

Il ne se fit pas prier deux fois... Il se lova contre elle, trouva ses lèvres chaudes et charnues dans un long baiser d'amoureux transi. Puis ses mains explorèrent son corps de rêve en remontant puis en enlevant le tissu léger qui la couvrait encore tandis qu'elle lui ôtait son pyjama d'une main experte.

On peut imaginer leurs longs baisers avides, leurs caresses intimes, la fougue de ces deux amants dont la jeunesse et la nouveauté permirent des prodiges, presque des excès, tout au long de la nuit...

Au summum de sa jouissance, bravant tous les tabous, elle cria dans la nuit et Louis à l'acmé de son bonheur crut entendre ;

- Va-s'y ! Fais-moi un enfant !

Et, il sentit son membre turgescent battre et donner sa semence en de longs jets interminables…

Bien qu'avec regret, Louis regagna sa chambre tard dans la nuit en emportant avec lui, l'expression d'une douceur infinie, d'une flamme ardente et épuisante dont l'extinction lui paraissait impossible.

Il était désormais comme sur un nuage. Il avait presque oublié qu'au dehors de cette bulle de bonheur, la guerre la plus terrible de tous les temps continuait de plus belle. Il avait omis qu'il était un combattant, un simple soldat de la deuxième D.B du Général Leclerc. Pourtant des informations qui ne l'atteignaient pas encore, filtraient dans les conversations du personnel de l'hôpital. On disait que le Général De Gaulle arrivé à Alger, avait proclamé cette ville « Capitale provisoire de la France. » La mobilisation et la formation de tous les hommes d'Afrique du Nord en âge de porter les armes, avait été décrétées. Une armée conséquente composée de Français, de Britanniques et d'Américains avait débarquée avec succès en Sicile… Les Allemands battus d'abord devant Moscou, puis encore plus sévèrement à Stalingrad, reculaient partout sur le front de l'Est. Toutes ces bonnes nouvelles pour les alliés atteignaient difficilement les oreilles de notre héros.

Son ami de toujours, Éric, qui avait disparu un temps de sa conscience, vint lui rendre visite un après-midi. Il essaya de le ramener à la réalité :

- La deuxième D.B part pour le Maroc dans un lieu tenu secret. Nous allons nous entraîner sur du nouveau matériel américain : Chars Sherman, GMC. Il faut que tu te rétablisses vite, que tu viennes avec nous. On nous a réservés pour une plus grande mission que l'Italie et ce ne peut être que la France ! Tu te rends compte ! Dans quelques mois nous libérerons enfin le sol français !

Louis reçut ces informations à travers la brume de sa passion. Il avait envie de lui dire qu'il avait beaucoup mieux à faire avant d'aller risquer sa vie au combat, qu'un pressentiment funèbre l'obligeait à d'abord donner la vie. Cette mission lui paraissait à cette heure beaucoup plus importante : Elle était d'assurer la pérennité de son espèce, c'est-à-dire de transmettre la vie, sa vie par sa semence et ses gènes avant un quelconque rendez-vous avec son destin et peut-être avec la mort.

Louis le pensa mais ne put l'exprimer à son grand ami tant il demeurait dans son cocon de douceur, d'amour et de passion. Il savait qu'Éric ne pourrait pas comprendre ses arguments.

Le lendemain, quand le médecin-chef passa dans la matinée, Louis reçut comme un coup au cœur :

- Envisagez dès aujourd'hui la sortie de ce jeune homme, dit le praticien. Il est guéri. Il n'y a plus de raison de le garder.

Jasmine s'arrangea pour garder deux jours de plus son amoureux en soudoyant son infirmière-chef, mais, la directive était claire. Il fallait obtempérer et rendre ce soldat à l'armée !

C'est pourquoi leur dernière nuit d'amour fut la plus enfiévrée, la plus enflammée, la plus torride. A la fin, tandis qu'il se reposait, épuisé, vidé, la tête sur sa poitrine, entre ses deux seins, qu'il la caressait encore, elle eut les mots les plus justes, les plus sages :

- Notre rencontre fut la plus belle de tous les temps… Je ne t'oublierai jamais. Mais, il faut nous séparer comme si notre bel amour n'avait jamais existé ! Je te rends ta liberté et je reprends la mienne. Tu retourneras à ton devoir, à tes combats et, moi, aux miens. Essaie de rester en vie pour toi, pour ta mère et pour les tiens. Libérez votre France des bottes allemandes… Tu as traversé l'océan des sables de Libye, évité la mort et les récifs rocheux depuis le Tchad, je suis certaine qu'avec cette vaillance, tu t'en tireras et que vous libérerez votre pays… Nous… Nous nous occuperons de libérer l'Algérie quand le moment sera venu… Et, il le faudra !

Il protesta faiblement arguant qu'un grand amour peut se foutre de toutes les barrières raciales et de tous les préjugés confessionnels. Elle reprit à voix basse :

- Non, ce n'est pas vrai… C'est une belle utopie. La réalité est plus prosaïque. Pour moi, du point de vue des miens, notre union est impossible… On peut rêver que dans des temps meilleurs, dans un avenir lointain, pour les générations qui suivront, ce soit possible… Mais pour l'heure dans le fracas des armes et les affres de la guerre, c'est évidemment impossible… Alors, soyons raisonnables… Je serai le plus merveilleux souvenir de tes années de jeunesse et de combat !

Les deux amants se séparèrent la larme à l'œil en jurant, malgré tout, de se revoir.

Louis quitta sa chambre d'hôpital le matin suivant avant la visite tu médecin-chef. Près de l'entrée une Jeep américaine toute neuve avec un jeune soldat au volant, l'attendait. Quand il le vit avec le teint pâle caractéristique des sortants, il l'interpella :

- C'est vous, Louis ?

- Oui ! En effet !

- Je dois vous emmener à votre caserne à Blida !

Louis monta à côté du chauffeur. Son compagnon, un Français d'Algérie, se révéla très bavard.

- J'étais tranquille en terminale au lycée d'Alger et voici que ce De Gaulle m'appelle sous les drapeaux pour participer à une guerre dont je n'ai rien à foutre !

- Oh ! Tu dis ça. C'est parce que tu ne sais rien de l'occupation allemande et des nazis. Tu sais, nous n'avons pas le choix, il faut se battre !

- Tu crois ? Enfin, ils m'ont mis chauffeur dans le service de santé… Je ne me plains pas trop.

Le camp de Tamara (Maroc)

Le trajet entre Alger et Blida, une cinquantaine de kilomètres, réveilla Louis à la réalité. La Jeep ronflait ; le chauffeur conduisait vite sur la route sinueuse qui serpentait à travers les collines. Le vent frais de cette belle matinée ensoleillée ébouriffait les cheveux des deux passagers qui riaient des cahots et des embardées. Ils s'amusaient de se voir décoller de leurs sièges et retomber ensuite dans les soubresauts d'une suspension quasi-inexistante. Des vignobles puis des oliveraies et des palmeraies défilaient sous leurs yeux à toute vitesse. Soudain, dans un virage, le chauffeur s'exclama :

- Oh ! Purée !

Avec l'accent local.

Il pila pour laisser passer un troupeau de quelques chèvres et son berger en djellaba. La Jeep traina sur le sol soulevant un nuage de poussière, fit une embardée et se rétablit en plein milieu de la chaussée. Louis, projeté contre le parebrise, se retint juste à temps et évita de se cogner gravement. Il cria :

- Ecoute ! Va-s'y mollo !

La Jeep ralentit enfin dans les alentours de Blida et déposa son passager un peu étourdi par tant d'émotions devant l'entrée de la caserne.

- Adios amigo et good luck ! fit-il.

La caserne de Blida était presque déserte. L'ensemble de la deuxième DB était parti et s'entrainait déjà dans le camp de Tamara près de Rabat. Louis fut du dernier convoi pour rejoindre ses compagnons.

Il partit dès le lendemain à bord d'un GMC conduit par un sergent.

A Tamara, Louis retrouva ses compagnons de toujours : Éric, Hans, Stanislas et l'Alsacien. Leurs retrouvailles furent l'occasion de nombreuses accolades et d'une grande beuverie.

Quel ne fut pas son étonnement devant une deuxième DB complètement transformée. Les effectifs étaient considérablement renforcés, décuplés. Le matériel était américain moderne et flambant neuf ! Il y avait de nombreux volontaires d'Afrique de Nord et d'ailleurs, des spahis marocains, des tirailleurs de l'A.E.F. etc. La liste était immense.

On l'initia d'abord et sans tarder à la conduite du GMC, impressionnant véhicule à huit roues et à double traction. Le terrain d'entrainement de Tamara par ses étendues accidentées rocheuses et sableuses était propice à une prise en main rapide et précise. Il s'entraîna aussi sur le char léger de reconnaissance ainsi que sur les gros chars Sherman de trente-deux tonnes capables d'affronter les plus durs combats et dont on disait que le blindage était résistant à toute épreuve. La division était aussi dotée de canons antichars de cent cinq, automoteurs, de camionnettes Dodge et de nombreuses jeeps. Le service médical était équipé d'ambulances toutes neuves, nombreuses, modernes et tout-terrain ainsi qu'une grande ambulance chirurgicale à bord de laquelle un chirurgien pouvait opérer sur le terrain à proximité du combat.

Après les exercices, sans oublier le rituel militaire, les hommes se retrouvaient au foyer du soldat. L'ambiance était joyeuse. On se tapait largement sur l'épaule en s'appuyant au bar. Bientôt, on repartirait ! Où ? Sur quel champ de bataille ? Ils ne le savaient pas encore. La plupart étaient impatients de le savoir. D'autres se taisaient, et, n'avouaient pas leur trouille. Les hypothèses allaient bon train. On s'en doutait un peu. Serait-ce le Sud de la France ou le Nord ? En attendant, on s'étourdissait à coup de bouteilles de bière et de musique de jazz. La plupart en découvrait les rythmes. Les cuivre de Glen Miller résonnaient dans leurs oreilles jusqu'à la saturation. Alors quelques-uns voulaient qu'on reste français, qu'on en revienne au répertoire classique de Maurice Chevallier ou d'Edith Piaf…

Tandis que ses camarades s'étourdissaient dans une fête perpétuelle, Louis aimait demeurer en retrait et penser, réfléchir… Il était encore tout étourdi de son véritable conte de fée avec Jasmine. La reverrait-il un jour ? Les graines qu'il lui avaient si généreusement données, pousseraient-elles ? Auraient-ils un enfant ? Le connaitrait-il un jour ? Quel était son avenir, son destin ? La France, son Paris seraient bientôt délivrés… C'était maintenant une évidence ! Après, il retournera à Alger… Reverrait-il Jasmine et son fils ? Maintenant qu'il avait une raison de plus, ce désir de vivre pour les revoir, il avait d'autant plus peur. Il savait qu'il suffisait d'un obus, d'une bombe pour que son camion GMC ou Dodge parte en fumée et lui avec… Puis, ses pensées revenaient à ses préoccupations premières : Qu'était-ce que l'amour ? Une envie incoercible qui vous projette vers une femme ? N'importe quelle femme ? Ou un désir presque grégaire, venu du fond du ventre et des âges qui en s'affirmant s'humanise, se civilise en devenant un besoin de procréation avec un être rare, une femme choisie, admirable, aimée, aimante. Il essayait de comprendre à travers son peu d'expériences… Il repassait dans sa tête les rares fois où il avait eu l'occasion de faire l'amour. Sa camarade de lycée… Comment s'appelait-elle déjà ? Avec tous ses évènements, il l'avait quasi oubliée. Après avoir longtemps refusé ses avances, elle s'était soudainement donnée parce qu'il partait… comme un brave… à la guerre. Bizarre… Non ? Puis il y avait eu toutes ces prostituées… Des gamines, des débutantes qui par ce « jeu » contribuaient à nourrir leurs familles jusqu'aux matrones expérimentées des bordels. Enfin, celle qui lui importait désormais, comme sortie d'un conte de fée,

Jasmine, la femme qu'il avait aimée, ensemencée, qui resterait son idéal et qu'il aimerait posséder définitivement, s'il s'en sortait indemne et si son destin, sa bonne étoile le voulait bien.

Toutes ces interrogations restaient en suspens dans sa tête jusqu'à l'obsession tandis que ses camarades trinquaient, riaient, dansaient et chantaient autour de lui dans un tintamarre digne des grandes fêtes… Pour eux, la défaite de l'Allemagne nazie était inéluctable. Elle ferait partie de la grande Histoire qu'on enseignerait aux générations futures. Pour Louis, sa Grande Histoire était son histoire d'amour avec Jasmine et la victoire prochaine des alliés, l'événement qui lui permettrait de revenir à Alger et de revoir sa bienaimée et sa descendance éventuelle.

Jasmine était l'Histoire importante de sa vie. Elle s'intégrait désormais tout entière à son existence…

En route vers l'Angleterre.

Après un entraînement minutieux et de nombreux exercices et manœuvres, la nouvelle éclata un soir : La deuxième D.B embarquera le lendemain pour l'Angleterre, la moitié partira de Casablanca, l'autre d'Oran. Pour quelle destination finale sur le sol anglais ? Nul ne le savait vraiment. On imaginait plutôt que ce serait le Sud en face des côtes françaises : Brighton, Portsmouth etc….

L'émotion de Louis était au summum. C'était début avril 1944. Cette date est restée gravée dans sa mémoire. Bientôt, il délivrera Paris ! Il reverra Paris, ses Champs-Elysées, la Concorde, La Seine, sa place Clichy, ses parents et leur « Félix Potin » ! Quel émoi à l'évocation de la campagne française, ses vertes prairies, ses champs, ses bosquets, ses collines, ses vallées et ses rivières qui coulent toujours quelle que soit la saison avant l'arrivée triomphale dans la capitale…

Louis quittait cette terre d'Afrique du Nord, celle qu'il avait aimée, où il avait connu sa première vraie histoire d'amour ; il s'éloignait de Jasmine avec un pincement au cœur, mais c'était pour mieux y revenir… et, en vainqueur…

Il avait retrouvé Éric. Ils suivaient sur les routes du Maroc la fille impressionnante des deux mille cinq cents véhicules chargés des huit mille hommes qui représentaient presque exactement la moitié de la deuxième D.B.

Un immense cargo américain (un Liberty ship) les attendait dans le port de Casablanca. Il absorba en deux jours un quart des véhicules et des hommes tandis qu'un autre cargo arrivait à quai. Le troisième jour, ils firent leurs adieux à l'Afrique du Nord à son climat si favorable au farniente. Louis avait la larme à l'œil. Une flotte de guerre impressionnante les accompagnait.

En seulement quelques jours, peut-être une semaine et une tempête en plein océan qui en fit vomir quelques-uns, ils arrivèrent à Swansea au Pays de Galles. Une fois déchargé, le convoi traversa l'Angleterre vers Hull dans le Yorkshire, au nord-est de cette terre d'accueil. Bien sûr, cette destination les étonna ! Ils comprirent qu'ils ne seraient pas de la première vague du débarquement. Mais l'important était d'être là en attente des ordres pour être plongé dans la bataille finale qui aurait raison du nazisme.

Les seize mille hommes de la deuxième DB s'installèrent autour de Hull, régiment par régiment, dans des tentes de l'armée américaine qui était doté d'un confort remarquable, surtout pour les soldats du désert habitués à dormir à la belle étoile. Les officiers étaient logés chez l'habitant. Ce séjour à Hull dura de mai à juillet 1944. L'entrainement des artilleurs sur des cibles mobiles reprit de plus belle.

Éric et Louis, leurs compagnons ont su par la B.B.C que le débarquement du six juin était un succès, qu'une tête de pont solide était constituée, désormais sérieuse et sûre, à l'abri des tirs de l'ennemi. Elle permettait dès lors à des milliers d'hommes de débarquer presque tranquillement sur les plages de Normandie avec leurs armes, les chars, les half-tracks et autres canons. Désormais, chaque jour, nos amis attendent anxieusement leur tour. Ils sont impatients. Ils craignent qu'on les oublie dans leur délicieuse retraite de Hull.

Mais non ! L'ordre de mouvement vers le Sud de l'Angleterre arrive enfin. Les chars, les half-tracks, tous les engins chenillés sont convoyés par le rail vers Southampton tandis que Louis et Éric traverse une nouvelle fois l'Angleterre du Nord vers le Sud à bord de leur énorme GMC en convoi avec leur régiment de ravitaillement.

Pendant trois jours les chars reçoivent leurs pleins de carburant et de munitions. Les derniers préparatifs sont soigneusement organisés. Chacun connait sa place et son rôle avant d'être jeté dans la bataille.

Ils embarquent enfin sur les fameux Liberty Ships U.S.

La deuxième DB débarque à Utah Beach le deux août 1944.

Elle fait partie de la troisième armée du général US Patton.

Louis et Éric, comme la plupart des seize mille hommes sont impatients et enthousiastes. Ils vont enfin participer à la libération de leur pays. Ce n'est pas rien de sortir le matin du deux août du « Liberty Ship » dans un petit brouillard matinal sur une plage de sable inconnue d'eux et dans le vacarme des moteurs, et de mettre plein gaz pour remonter la pente. Les roues arrière patinent un peu dans le sable pourtant déjà bien tassé par les véhicules précédents, mais la charge des munitions entassées juste derrière leurs dos est tellement énorme que le chauffeur s'y attend. Il accélère avec douceur et s'en sort à merveille. Rapidement, il se retrouve sur la terre ferme et c'est comme un soulagement magnifique ! Ils ont pris pied sur la terre ferme de leur pays ! Ils se sourient… Depuis qu'ils attendaient ce moment-là et qu'ils le craignaient aussi ! Ils entendent au-dessus d'eux le bourdonnement rassurant des avions de la R.A.F. qui vont bombarder les positions allemandes. Ils savourent leur chance d'amerrir en Normandie sans essuyer un seul coup de feu. Depuis le six juin les Américains, les Anglais et toutes les nations du monde libre se sont battus (Canadiens, Australiens, Néo-Zélandais, Indiens, Africains, sans oublier les Français du commando Kieffer, prélevés sur la deuxième D.B.) Par leurs sacrifices, ils ont fait reculer les nazis. Maintenant la tête de pont est solide et des milliers d'hommes, des milliers de tonnes de matériel et de véhicules peuvent débarquer chaque jour, comme eux, en toute tranquillité.

Ils savourent cette étrange impression qu'ils ne manquaient plus qu'eux. Ils arrivent en renfort pour poursuivre cette œuvre immense : Débarrasser la planète du pire monstre de tous les temps, Hitler. Bien vite, on les invite à prendre la direction de Carentan dans le Cotentin et de se regrouper à La Haye-au-Puit.

Louis et Éric retrouvent la verte campagne de Normandie avec ses bovins broutant l'herbe si grasse, se mettant à l'ombre des pommiers avec nonchalance, juste comme avant ce cataclysme de fer, de feu, de sang. Le soleil est haut dans le ciel ; il fait chaud mais cette chaleur est supportable… Rien à voir avec celle du désert de Libye… Une immense allégresse monte dans leurs poitrines. Ils sont enfin à l'œuvre pour délivrer leur sol. Les habitants de la Haye-au-Puit, les paysans viennent leur serrer la main. Ils sortent de derrière leurs fagots leurs vieux Calva et les invitent à trinquer avec eux. Ils sont étonnés que des soldats portant l'uniforme américain parlent si bien le Français !

La deuxième DB a pour mission de débarrasser cette partie du Cotentin des dernières troupes allemandes qui ont été surprises par le débarquement du six juin. Ils font route vers Granville. A leur approche les Allemands se rendent. Plus de deux mille sont faits prisonniers.

Puis ils se tournent vers Avranches. La troisième armée du général US Patton se doit de nettoyer la Bretagne de la présence de l'ennemi. Les divisions blindées s'élancent vers les principales poches de résistance de Saint Malo jusqu'à Brest.

Louis relayé par Éric roule vite sur des routes qu'ils considèrent comme en très bon état par rapport à tout ce qu'ils ont connu jusqu'ici… Il faut suivre l'avancée, ravitailler les hommes et l'armement. L'enthousiasme dans les villages traversés est général. Des enfants et des femmes brandissent des drapeaux bleu-blanc-rouge, les acclament. Parfois, ils traversent entre deux véhicules au péril de leur vie. Louis serre les dents. Il faut faire très attention, ne pas se laisser amollir par cette victoire incomplète. Il a envie de crier : « Laisser nous passer ! C'est loin d'être fini ! »

Ils traversent les ruines d'Avranches. Patton et ses divisions blindées ont percé les défenses allemandes à cet endroit il y a déjà quelques jours. Nos héros constatent les stigmates d'une bataille qui fut particulièrement rude. Des Panzers gisent partout sur les côtés de la route. De peur de s'attendrir, ils ne laissent pas traîner leurs regards sur les cadavres des ennemis qui gisent encore ici et là parmi le carnage et les épaves. Le génie a dû les déblayer à coups redoublés de bulldozers pour rendre la route praticable. Éric comme s'il voulait cacher sa profonde compassion, se permet ce bref commentaire :

- Qu'est-ce que ça a dû chauffer ici !

- Qu'est-ce qu'ils ont pris, les Boches !

- L'aviation a tout écrasé sous les bombes…

- C'est terrible d'être obligé d'en passer par là !

Leur unité marque une pause. Les compagnons de Louis se reposent, se restaurent. Ils n'en reviennent pas. Avranches n'est plus qu'une ruine. Ils ont beau s'être éloignés de la ville, un souffle d'air leur ramène une odeur pestilentielle. Puis, l'ordre arrive soudain de faire mouvement vers Rennes où des régiments ennemis se sont regroupés.

Et l'avance continue sans interruption. De Rennes, la deuxième D.B se rue vers Laval, Le Mans en une étape de cent quatre-vingts kilomètres déployant ses quatre mille deux cents véhicules le long des routes ensoleillées et poussiéreuses. Le dix août aux abords du Mans, elle se heurte à une résistance allemande en plusieurs endroits. Mais, bien vite devant les attaques fulgurantes et répétées, les Allemands comprennent et se replient.

La troisième armée de Patton dont la deuxième D.B fait partie, participe alors à la manœuvre tactique des armées alliées qui consiste à prendre en tenaille l'armée allemande. Elle remonte vers le nord vers Alençon, dépassé le douze août puis oblique vers Argentan où elle se repose en attendant les ordres.

La libération de Paris

. La deuxième D. B se regroupe devant Argentan tandis que l'étau se resserre sur la première armée allemande. Un million d'hommes tentent de s'échapper du piège qui s'est refermé sur eux. Seulement cinq cent mille en réchapperont tandis que leur aviation et des centaines de chars seront détruits.

Éric et Louis s'impatientent. Depuis une semaine ils sont immobilisés aux abords d'Argentan. Les pleins ont été faits, les ravitaillements en vivres et en munitions aussi. Pour eux, ils sont aux portes de Paris ; seulement deux cent vingt kilomètres les séparent de chez eux. Le moment tant attendu – Revoir Paris - est à leur portée ! En deux jours, ils pourraient entrer dans la capitale et aller embrasser leur mère. Ils se tiennent prêts. Chaque matin, ils espèrent que l'ordre d'avancer va être lancé. Et, toujours rien. On dit que des éléments de la troisième armée se dirige vers Orléans, qu'elle va contourner Paris par le Sud tandis que l'armée britannique contournera la capitale vers le nord.

Nos héros craignent que l'état-major allié évitent Paris ! Ne pas délivrer « leur Paris à eux » tout de suite, laisser leur capitale sous les bottes des vingt mille Allemands du Général Von Choltitz, est pour eux une aberration, une erreur ! Ils piaffent d'impatience d'autant que, le vingt et un août, il se dit que la capitale s'est révoltée déjà depuis quelques jours, que des barricades se sont érigées, que la résistance tient des quartiers entiers. Il serait urgent d'intervenir avant que Von Choltitz ordonne l'assaut avec les blindés qui lui restent.

Leclerc informé intervient. Il demande au général en chef U.S Bradley qui coordonne l'avancée des troupes alliées, d'avancer vers Paris avec sa deuxième D.B pour prêter main forte à la résistance parisienne et délivrer Paris. Bradley accepte !

L'ordre arrive le vingt-quatre aout. Au petit jour, sous un ciel grisâtre et une pluie fine, la deuxième D.B se meut vers Paris en deux colonnes : l'une au Sud par Arpajon, l'autre au Nord par Rambouillet. Ils sont aux portes de Paris le vingt-cinq au soir. L'avant-garde de la colonne sud se heurte à une résistance allemande à Fresne. Leclerc demande au capitaine Dronne de passer outre et d'entrer à Paris sans attendre.

Dronne réunit trois chars et entre dans Paris par la Porte d'Orléans… Et c'est tout de suite une joie immense. Toutes les cloches de la capitale se mettent à sonner leur allégresse. Les habitants au mépris du danger qui subsiste encore, sortent de chez eux, félicitent les soldats, les embrassent, leur offrent des fleurs ! Les trois couleurs flottent de nouveau aux fenêtres des Parisiens et sur les monuments de la ville.

La colonne de G.M.C protégée par des half-tracks dont font partie Louis et Éric, pénètrent dans Paris à l'aube du vingt-six. Ils n'ont presque pas dormi depuis deux jours, tant ils étaient excités. Ils sont tellement émus que des larmes coulent de leurs paupières… Des casques blancs (les M.P) leur indiquent le chemin vers le champ de Mars où des centaines de véhicules sont déjà alignés, si proches de la tour Eiffel, de leur Tour Eiffel !

Ils se regardent, sourient, se congratulent…

- Mission accomplie ! déclarent-ils.

Leur joie est immense. Ils revoient Paris… Ils ont tellement eu peur de ne jamais arriver jusqu'en son sein ! De plus, ils apprennent que Von Choltitz a signé la veille à seize heures à l'Hôtel de ville en présence de Leclerc la capitulation de l'armée allemande du « Gross Paris » malgré l'ordre de Hitler de résister jusqu'au bout et de dynamiter les principaux monuments de la ville lumière.

Von Choltitz a choisi la seule voie raisonnable : cesser ce bain de sang. Vingt mille soldats allemands avec Von Choltitz à leur tête, seront emmenés en captivité en Angleterre.

Paris est libéré ! C'est la joie ! La ville lumière est en liesse. Ce même jour, le vingt-six a lieu un immense défilé. Parti de l'Arc de Triomphe à quinze heures, il descend les Champs Elysées pour se rendre à Notre Dame avec à sa tête un De gaulle magistral entouré des principaux chefs de la résistance Rol-Tanguy, Chaban, Malraux et des Généraux Leclerc, Juin, Koenig, Larminat. Des milliers de Parisiens les acclament dont Louis qui a réussi à se libérer pour vingt-quatre heures de son obligation de chauffeur.

Louis pleure de joie. Il a réussi son pari fou, inouï, extraordinaire de chasser les nazis de « sa » capitale. Il suit un moment le cortège en délire, puis se ravise. C'est le moment de profiter de sa permission pour aller embrasser ses parents.

Il court à travers les rues encombrées des restes de l'insurrection des jours précédents, zigzague entre les obstacles et les barricades pour se rendre Place Clichy. Le rideau du Félix Potin est abaissé mais la porte cochère sur le côté, est ouverte. Il frappe à la fenêtre de la cuisine puis se précipite dans les bras de sa mère.

Elle le reconnait à peine dans son uniforme de soldat américain tant il a muri, vieilli. Elle l'éloigne plusieurs fois pour mieux l'examiner, le renifler… Il n'a pas pu prendre de douche depuis plusieurs jours. Puis, elle le resserre dans ses bras jusqu'à l'étouffer. Elle le trouve amaigri, fatigué, basané. Quand il est parti, ce n'était encore qu'un gamin d'à peine dix-huit ans au teint pâle et poupin…

Revenue de sa surprise, elle pleure et dit plusieurs fois :

- Mon fils ! Quel homme es-tu devenu ! Je craignais tellement que tu sois mort. Quatre longues années sans aucune nouvelle de toi ! C'est terrible pour une mère !

- Oui ! Je suis avec Leclerc et la deuxième D.B. Nous avons chassé les nazis de la Capitale ! C'est formidable ! Je te raconterai… Je suis tellement heureux de revoir Paris délivré des nazis ! Et papa ?

- Il est sur les Champs-Elysées, parti applaudir les libérateurs ! Moi, j'ai préféré rester ici pour garder la maison. Je n'aime pas ces mouvements de foule, cet enthousiasme que je crains sans lendemain ! Restes-tu avec nous ce soir ?

- Oui, mais je regagnerai mon unité demain matin de bonne heure. Nous repartirons bientôt avec pour objectif Strasbourg. Je crains qu'il y ait encore beaucoup de batailles !

- Oh ! C'est vrai ! Mais, fais attention, je t'en prie ! Ce serait bête de succomber maintenant qu'ils sont en pleine déroute ! Toi qui haïssais la violence, qui était un lycéen pacifiste… qui n'avait que le mot « Paix » à la bouche… Te voilà devenu un farouche guerrier… Je n'en crois pas mes yeux !

- Oh ! Maman ! N'exagérons rien… Et, je n'aspire qu'à une chose : Redevenir un civil désarmé dans la paix retrouvée et définitive !

Vers dix-neuf heures son père était de retour. Il était forcément enthousiaste et joyeux. Ils s'étreignirent longuement et déclara :

- Quelle fête ! Quelle joie ! Finalement, tu as bien fait de partir. Ils t'auraient envoyé au S.T.O fabriquer des armes pour les Allemands dans des usines qui sont bombardées jour et nuit par l'aviation anglo-américaine. Nous n'avons pas des nouvelles de ton frère. On dit qu'il pilote un bombardier dans l'aviation anglaise. L'as-tu rencontré en Angleterre ?

- Non, malheureusement ! Tout était compartimenté et tenu secret. Je n'ai pas pu le rencontrer…

Le père l'examinait du coin de l'œil, s'attardant sur sa carrure, son teint mat, son regard franc ; il déclara enfin :

- Où est-il mon « freluquet » ? Te rappelles-tu que je te surnommais ainsi quand je voulais t'embêter ?

- Oui ! Et, c'était pour moi la pire des vexations !

- Hé ! Bien il n'y a plus de freluquet ! Maintenant, tu es un homme, et un vrai de vrai !

Louis n'en demandait pas autant. Mais il en fut très fier…

Ils passèrent une bonne soirée. Louis raconta en termes simplifiés sa longue épopée : L'Afrique, la Libye, l'Algérie et son hospitalisation pour crise de paludisme à Alger, le Maroc, l'Angleterre et enfin la Normandie. Ses parents l'écoutaient bouche bée, le félicitant, admirant son courage…

Cependant, il passa sous silence l'important, peut-être le primordial : Ses amours avec Jasmine. Plusieurs fois, ce sujet parvint sur le bout de sa langue. A chaque fois, il se ravisa, peut-être par timidité, se disant qu'il serait toujours temps de leur annoncer plus tard, que l'heure tardive et sa fatigue ne lui en offraient pas assez d'opportunités pour cette annonce pour lui essentielle !

Enfin, mort de sommeil, il monta se coucher malgré les flonflons d'accordéon d'un joyeux bal improvisé provenant de la Place Clichy toute proche.

Profondément ému, il retrouva sa chambre, son lit. Rien n'avait changé… Ses livres, ses affiches, ses affaires et ses jeux d'adolescent et de gamin, étaient restés à la même place avec un peu de poussière en plus. Malgré ses émotions, il sombra dans un profond sommeil.

Sa mère le réveilla vers sept heures du matin comme convenu. Après une bonne douche, un bon petit déjeuner, il fit ses adieux à ses parents… Des adieux déchirants. Sa mère lui glissa dans les mains un énorme sandwich jambon-beurre. Puis, il s'empressa de rejoindre le Champs de Mars où Éric l'attendait pour aller visiter lui aussi ses parents à Belleville.

La permission d'Éric fut ajournée. Les deux chauffeurs durent se rendre à Evreux pour aller chercher des munitions.

Tandis que les Parisiens en liesse ne se doutaient pas du danger, une division allemande partie du Pas-de-Calais, menaçait déjà la capitale du côté d'Aubervilliers, du Bourget, de Saint-Denis. Les chars et automitrailleuses stationnés dans la Plaine Saint-Denis se portèrent à leur rencontre pour leur barrer la route. La bataille fit rage jusqu'au trente août du côté de Montmorency, Domont et Gonesse. La quatrième division d'infanterie américaine fut obligée de venir leur prêter main forte. Les Allemands se retirèrent en laissant de nombreuses carcasses de véhicules et de chars.

Cette fois, Paris était complètement libéré.

Vers Strasbourg

Ils ne s'attardèrent pas longtemps dans la capitale en liesse. Il ne fallait pas laisser l'armée allemande en déroute se réorganiser et Leclerc n'avait pas oublié le serment de Koufra qui était de ne s'arrêter qu'après avoir délivré Strasbourg !

Quelques jours de repos occupés à réparer, à remettre au point, à faire le plein de carburant et de munitions et le premier septembre les voilà repartis avec comme objectif la Marne. Devant eux, les débris de la première armée allemande tentaient de se réorganiser pour leur barrer la route. Dans ce but, un grand stratège de l'état-major allemand – le général Manteuffel – avait été nommé à leur tête.

Le dix septembre, la Marne est dépassée, et la deuxième D.B est déjà du côté de Bar-sur-Aube, Clairvaux. Sa progression est continue. Partout sur leur passage, c'est la liesse, la fête, la joie. Les gars du maquis viennent se mêler à eux. A Vittel, ils délivrent trois mille prisonniers britanniques.

Et leur avancée continue aidée souvent par l'aviation anglo-américaine qui écrase une grande concentration de chars ennemis commandée par Manteuffel en personne.

La première armée française du Général De Lattre De Tassigny se joint à eux le douze septembre à Nod-sur-Seine. Pour mémoire, elle débarqua en Provence le quinze août 1944, libéra Toulon et Marseille, remonta victorieusement la vallée du Rhône et les rejoignit bientôt.

Ils sont tous devant les Vosges prêts à livrer l'ultime bataille. Les Allemands se sont retranchés solidement.

L'état-major américain commande une pause qui durera sept semaines, mais qui sera mise à profit pour se réorganiser, souffler, préparer l'attaque finale qui les fera entrer sur le sol ennemi.

Quand ils ne sont pas sur la route pour aller chercher des munitions, Éric et Louis campent près de Gérardmer, à La Bresse au bord de la Vologne. Les tentes de l'armée américaine sont confortables. Ils goûtent un repos bien mérité en retrouvant les habitudes des bidasses au repos : jeux de cartes, foot, courtes promenades en forêt, bières, etc…

C'est le treize novembre que l'ensemble des armées alliées se lancent à l'attaque des positions allemandes. Il avait neigé ce matin-là. Le froid pénétrait partout. Les combats furent rudes. Les Allemands avaient eu le temps de creuser des tranchées, d'ériger des fortifications.

Mais, la première armée française de De Lattre De Tassigny, La troisième armée américaine du Général Patton renforcée par le quinzième corps américain sans oublier la deuxième D.B eurent tôt fait de briser les fortifications de l'ennemi par des attaques frontales et des mouvements tournants parmi la forêt vosgienne. Les combats furent rudes et de nombreux morts et blessés des deux côtés s'ajoutèrent aux précédents.

Néanmoins, Saverne et Phalsbourg sont libérés le vingt-deux novembre.

Mais il reste Strasbourg. Et c'est un gros morceau ! Les effectifs ennemis y sont importants et bien retranchés. Le vingt-trois novembre au matin, Leclerc lance l'attaque sur quatre colonnes. L'ordre est de pénétrer dans la ville et d'aller protéger le pont de Kehl. Le vingt-quatre malgré une résistance acharnée, Strasbourg est prise, le pont de Kehl protégé. Les trois couleurs flottent sur la ville et notamment sur la flèche de la cathédrale !

Le lendemain, la colonne de G.M.C avec Louis et Éric, arrive dans Strasbourg au milieu de la liesse générale.

L'hiver alsacien est rude. Malgré les vêtements et les pulls de l'armée, Louis souffre du froid. Quand ils ne sont pas sur les routes pour approvisionner les combattants, Louis et Éric, ainsi que leurs collègues du train sont hébergés dans une caserne dont le chauffage n'est pas encore remis en service. Il y fait très froid et les carreaux des fenêtres qui viennent d'être remplacés, arborent des fleurs de glace le matin.

Louis est impatient que la guerre se termine. Les trois couleurs flottent sur la flèche de la cathédrale, et pourtant, il faut continuer ! Il pense à Jasmine. Pourra-t-elle l'attendre ? Il craint un peu qu'elle l'oublie. Mais, il reprend confiance. Son image, sa beauté en irradiant dans son cœur, maintient son moral. Malgré les blessés et les morts qu'il voit le long de sa route, malgré des amis chers tués au combat, il tient le coup. Et, c'est le souvenir de Jasmine qui le réconforte. Il serre les dents au volant de son G.M.C en se répétant à voix basse : « Attend-moi ! Bientôt je serai libéré et j'accourrai vers toi dans ton beau pays de chaleur, d'amour et de lumière… »

Il reste cependant à libérer l'Alsace. Les combats sont éprouvants notamment à Colmar qui résiste longtemps. La Wehrmacht capitule enfin le quinze janvier 1945 après une lutte sauvage. Toute l'Alsace est alors libérée.

Vers le nid d'aigle.

Louis et Éric participent à la reconstitution des stocks de munitions et c'est fin mars1945 que les armées alliées franchissent le Rhin et se ruent en territoire ennemi.

Munich est prise rapidement. Les G.I de Patton délivrent le camp de concentration de Dachau le vingt-neuf avril 1945. Quelle ne fut pas leur stupeur ! Ils furent confrontés à des scènes d'horreur inimaginables. D'abord, ils trouvèrent des prisonniers enfermés dans un train de marchandises en provenance de Buchenwald. Les deux-tiers étaient morts et les vivants, environ huit cents, étaient dans un état pitoyable ; ils coexistaient avec les cadavres de leurs camarades.

Quand les SS du camp se rendirent, que le camp fut ouvert, les G.I furent scandalisés de voir des êtres humains réduits à l'état de squelettes, d'une maigreur épouvantable. En outre, tous atteints de typhus. La croix rouge, dépêchée sur place, se chargea de les soigner et de les réalimenter.

Dans toute l'armée, on ne parlait plus que du scandale de Dachau. La plupart des combattants ne se doutaient pas de l'existence de ces camps de la mort. C'est dire leur consternation !

La libération de Dachau rappela de mauvais souvenirs à Louis et à Éric ainsi qu'à leurs amis du camp de Miranda. Dans le fracas des combats et de la lutte au jour le jour, il l'avait presque oublié, ce camp fasciste espagnol. Les camps nazis s'avéraient être encore pire. Il leur revint en mémoire toutes les avanies, les privations qu'ils avaient subies. Ils essayaient d'en parler au mess le soir devant un verre de bière. Malgré leur insistance, les anecdotes et les détails livrés un à un à leur auditoire, on minimisait leur souffrance passée de l'air de leur dire que le camp de Miranda n'avait rien à voir avec les camps d'extermination nazis.

Mais au-delà des discussions, Louis, Éric et tous les combattants volontaires de la France libre furent confortés dans la justesse de leur combat contre les nazis et les fascistes de tous les pays…

La deuxième D.B, avec Leclerc à leur tête obliqua plein sud avec pour objectif Berchtesgaden et le nid d'aigle du Führer. Ils foncèrent sur l'autostrade sans rencontrer de résistance. Dans la débâcle, les soldats allemands refluaient de tous côtés, ayant jeté leurs armes. Ils tentaient de se cacher ou de rentrer chez eux.

L'avant-garde arriva le quatre mai 1945 devant Berchtesgaden situé en hauteur sur un piton rocheux. On dit que ce sont les groupes commandés par Barboteux et Guillebon qui montèrent la route sinueuse et arrivèrent les premiers sur la place du village. Les habitants avaient prudemment paré leurs maisons ainsi que les bâtiments officiels de drapeaux blancs. Les Français eurent l'honneur d'y planter les premiers le drapeau bleu-blanc-rouge bientôt suivis par les Américains de la troisième division qui bien sûr ajoutèrent la bannière étoilée sur le nid d'aigle - le Berghof - situé sur un piton rocheux au-dessus du village.

Leclerc et son état-major montèrent en Jeep par l'étroite route sinueuse qui y menait. Ils ne trouvèrent que des ruines et pas une âme qui vive. La résidence du Führer avait été soigneusement bombardée par l'aviation.

Pendant ce temps la colonne de GMC où se trouvent Louis et Éric avance sur l'autostrade. Quand ils approchent à environ dix kilomètres du but, les M.P les stoppent et leur demandent de se garer sur le côté.

- C'est fini ! Berchtesgaden s'est rendu.

Ils attendent les nouvelles. Le commandant du convoi vient à eux et leur dit :

- La guerre est finie. Hitler est mort depuis plusieurs jours à Berlin. On attend la signature de la capitulation de l'Allemagne nazie.

C'est une joie immense parmi les soldats. On se congratule… On s'embrasse entre combattants de la deuxième D.B de tous les pays et aussi avec les Américains. On chante... d'abord la Marseillaise remplacée bientôt par des chansons à boire.

- On va bientôt quitter l'habit militaire et rentrer chez nous !

Louis est impatient. Il se voit déjà débarquant à Alger et retrouvant Yasmine…

Mais, en attendant, ils sortent les tentes et s'installent dans une prairie où coule dans le fond une rivière en attendant des précisions sur leur démobilisation prochaine.

- C'est la dernière fois ! Dans quelques jours, je dors dans mon lit à Belleville, claironne Éric par-dessus le bruit du torrent.

- Pour sûr ! Et, je t'accompagne dans notre retour à Paris.

Démobilisation et retour vers Paris.

La deuxième D.B séjourna autour de Berchtesgaden, certains chez l'habitant, la plupart comme Louis et Éric dans des tentes de l'armée américaine. Les nuits de mai 1945 étaient fraîches dans les Alpes bavaroises, mais les combattants en avaient vu d'autres. L'important s'était passé ailleurs : La capitulation de l'Allemagne nazie signée à Reims en présence des principaux généraux des deux côtés le huit mai.

Éric et Louis attendaient maintenant leur démobilisation avec impatience. Chaque jour quand un gradé passait dans leurs parages, ils se précipitaient vers lui :

- La guerre est finie ! Quand pourra-t-on rentrer chez nous ?

La réponse était toujours la même :

- Bientôt !

Un jour, le lieutenant-colonel Guillebon leur déclara :

- Vous voulez rentrer chez vous ? Alors, montez dans ma Jeep, on va arranger ça.

Ils franchirent sans encombre le barrage des M.P qui interdisaient la montée au village. Ils arrivèrent sur la place où des soldats en rangs attendaient la venue de gradés. Ils passèrent dans un bureau où l'on enregistra leur volonté de démobilisation. On leur remit un pécule de billets tout neufs et fraîchement imprimés. Puis on leur demanda de se joindre aux autres soldats. Quelques instants après Leclerc, Guillebon et quelques membres de l'état-major arrivèrent. Le silence se fit. La fanfare joua la Marseillaise tandis que les trois couleurs s'élevèrent en haut d'un mat.

Leclerc s'approcha en s'appuyant sur sa célèbre canne et dans une allocution félicita le courage des guerriers de la deuxième D.B qui les a si brillamment menés à la victoire. La croix de guerre fut remise à chacun d'eux et la phrase tant attendue fut enfin prononcée :

- Rompez les rangs !

Éric et Louis jetèrent un dernier coup d'œil sur la place de Berchtesgaden, levèrent les yeux sur le tristement célèbre Berghof et redescendirent à pied la route sinueuse dans une joyeuse cohue.

Des G.M.C qu'on avait spécialement aménagés, les attendaient en bas, près de la rivière, pour les emmener à la gare la plus proche.

Les voies ferrées commençaient d'être rétablies mais les trains circulaient encore très mal.

Après deux jours d'un voyage hiératique, ils arrivèrent un beau matin à la gare de l'Est.

Celle-ci paraissait endormie dans le petit matin gris. Louis et Éric se secouèrent. Ils avaient très mal dormi sur les banquettes de molesquine. Mais, l'important était ailleurs et il était écrit sur les murs : Paris, gare de l'est.

Ils se sourirent et se serrèrent la main. Ils étaient arrivés au bout du voyage ! Ils avaient tellement douté, mais avaient inlassablement poursuivi leur but sans jamais faillir : Revoir Paris débarrassé des nazis.

Ce n'était pas encore la cohue dans la gare de l'Est. Des prisonniers de guerre amaigris, chancelants, tout étourdis descendaient du même train qu'eux et cherchaient le meilleur moyen de regagner leurs chez-eux. Des « voyageurs » s'activaient, consultaient le tableau d'affichage, couraient vers un quai. On sentait confusément une volonté de reprendre son destin en main, d'améliorer son quotidien, d'aller vers un avenir meilleur dans la liberté retrouvée. Oui ! On était libre ! Après ces quatre années passées à baisser la tête dans la crainte de l'occupant, les Parisiens avaient presque du mal à le croire ! Ils étaient libres ! Louis et Éric, encore dans leurs uniformes américains tout froissés, le ressentaient et étaient fiers d'avoir contribué - à leur niveau - à libérer Paris et la France.

Dans le hall, sous la grande verrière qui laissait entrevoir un coin de ciel bleu car elle n'était pas encore réparée, ils se regardèrent, interrogatifs :

- Alors… On se quitte ? Comme ça ?

- Allez ! Un dernier café… Et chacun de nous s'en ira vers son propre destin…

- Il t'emmène où, ton destin ?

- Vers l'Ile Seguin, reconstruire Renault ! Enfin… S'ils veulent de moi ! Et toi ?

- D'abord vers Alger… retrouver Jasmine, la femme de ma vie… Tu sais ? Je t'en ai assez parlé ! Ensuite… Je ne sais pas ! C'est elle qui a mon sort entre ses mains !

Un « oh ! la, la… » s'échappa des lèvres d'Éric qu'il réprima aussitôt, regrettant sa spontanéité.

Ils entrèrent dans le buffet presque désert et s'accoudèrent au comptoir. Un vieux serveur nonchalant leur sourit :

- Café les gars ?

- Oui, deux cafés !

Ils burent leur jus de chaussette avec un sourire confus, puis se séparèrent la larme à l'œil.

- On se reverra !

- Promis !

Ils se séparèrent. Louis remonta le boulevard vers la place Clichy ; Éric obliqua dans les rues pour regagner Belleville. Ils se retournèrent encore une fois, se hélèrent et disparurent chacun de leur côté au coin d'une rue. Louis éprouvait comme une lourdeur dans la poitrine, mais n'avait pas la larme à l'œil. Cette séparation avait été espérée depuis si longtemps ! Il éprouvait un sentiment bizarre d'aboutissement, de joie, et ce point au cœur mal défini de vague à l'âme ou de tristesse de perdre peut-être pour toujours un ami très cher…

Il s'arrêta pour faire le point : « Voyons… Je reste à Paris une semaine auprès de mes parents ; puis, je file vers Alger. »

Paris avait des airs de convalescent. On sentait qu'il avait été longtemps malade, mais qu'il reprenait goût à la vie. Les gens se saluaient, lui souriaient, avaient envie de féliciter ce jeune homme dans son uniforme de soldat américain avec sur l'épaule droite l'écusson aux trois couleurs ornés de la croix de Lorraine. Il aurait pu en être fier et relever orgueilleusement la tête. Non ! Il n'avait qu'une hâte jeter ces hardes et revêtir des habits civils pour aller de l'avant… oublier les combats, les ruines, les blessés, les cadavres… Tourner définitivement la page…

Oui ! Oublier… et aller vers le progrès… Il n'en doutait pas ! Et son avenir à lui, c'était Jasmine… D'abord elle, ensuite, il verrait ce qu'il pourrait bâtir… avec elle.

Il déboucha sur la Place Clichy et s'arrêta pour contrôler sa bonne santé. Son diagnostic fut modeste. Elle reprenait vie mais modérément. Les terrasses de café s'agitaient, certains cinémas affichaient déjà des films alléchants, d'autres restaient fermés comme définitivement morts.

Quand il tourna dans la rue Cavalotti, qu'il aperçut l'enseigne de l'épicerie de ses parents, son cœur bâtit la chamade. Des clients faisaient la queue devant la boutique en quête des derniers arrivages. C'était le symptôme qu'il attendait : La vie de la boutique avait repris ! Il courut à toutes jambes, entra dans le magasin et embrassa l'un après l'autre ses parents. Ce fut une effusion courte, rapide et sincère. La queue bougonnait déjà. Il s'enfuit et monta dans sa chambre quitter l'uniforme qu'il avait trop longtemps porté. Puis, il chercha dans son armoire des fringues civils qu'il trouva et qui le satisfirent au moins dans l'immédiat.

Cette semaine passa vite. Il retrouva ses habitudes d'adolescent, ses lectures, ses discussions, cette dilettance qu'il avait oublié et ses joies. Il était heureux dans ce cocon familial où il apportait son aide avec amour et respect. Mais, tout ceci n'était que provisoire et ne saurait durer. Il était adulte et devait voler de ses propres ailes. Et, il était certain que, chaque jour, Jasmine espérait son arrivée prochaine. Il ne devait pas trop s'attarder dans ses balades nostalgiques à travers son Paris : « Paris outragé, Paris brisé, Paris martyrisé, mais Paris libéré. »

L'arrivée de son frère au Bourget était annoncée pour la semaine d'après. Lieutenant et pilote dans la R.A.F, deux compagnies aériennes l'avait déjà contacté pour suivre une formation de pilote de ligne. Sa reconversion semblait assurée. Toute la famille était impatiente de le revoir.

Tant pis ! Il n'attendrait pas son frère. Un soir, il annonça à ses parents qu'il avait promis à une femme de la rejoindre dès sa démobilisation dans ce pays de soleil, l'Algérie, plus précisément à Alger, qu'elle était infirmière et qu'elle s'appelait Jasmine… Il devenait urgent qu'il aille la retrouver…

Ses parents réprimèrent leur étonnement.

- Tu repars déjà ?

- Pour Alger ? Ce n'est pas la porte à côté.

- Oui ! Je comprends votre surprise, mais je ne peux m'attarder ici…

Il faut dire que cette époque était surprenante : Un prisonnier de guerre ne retrouvait pas sa femme, un autre la retrouvait avec deux enfants de plus ; on avait tondu telle femme et pas une autre qui en avait fait bien plus… Tout était déconcertant… Alors, le nouveau départ de leur cadet vers d'autres cieux parut presque banal à ses parents, séparés de leurs enfants pendant cinq longues années.

Alger

Louis repartit le lendemain. Il prit le train pour Marseille. Quand il arriva vingt-quatre heures après à la gare Saint Charles, il courut tout de suite vers le port. Le paquebot « Le Pasteur » appareillait le soir même pour Alger. Il rapatriait les combattants de la première armée du Maréchal Juin, ceux aussi de la deuxième D.B. Il y avait des Berbères, des Arabes, des Pieds-Noirs, des Africains de l'A.E.F. et de l'A.O.F., tous joyeux de regagner leurs pénates en vainqueurs.

Malgré la joyeuse cohue, il réussit à embarquer en montrant son carnet militaire et ses états de services.

Louis se tenait sur le pont pour voir apparaître dans le lointain la ville blanche. Plus le paquebot s'approchait, plus son cœur battait vite. Il était là, le moment tant attendu où il allait enfin revoir la femme de sa vie.

Le Pasteur corna trois fois à l'entrée du port sous les hourras des passagers.

Une foule immense et impatiente se bousculait derrière les barrières de sécurité en tendant le cou pour apercevoir leurs fils ou leur mari. Ceux-ci descendirent sous une haie d'honneur et les applaudissements répétés de la foule. On entendait les interpellations joyeuses de ceux qui avaient déjà aperçu l'un des leur parmi la cohue.

Louis souriait en voyant tous ces gens contents de se retrouver. Il laissa s'écouler la foule qui s'éparpilla dans les rues, sur le boulevard et dans les transports en commun. Puis, un peu étourdi, il avisa l'enseigne d'un hôtel pour y réserver une chambre et déposer sa petite valise en carton.

Il avait presque oublié ce ciel bleu, cette lumière qui descendait du ciel et lui remplissait le cœur d'une vive émotion. C'était fou cette allégresse qui lui montait du fond de l'âme et lui donnait une envie de chanter avec les oiseaux dans les palmiers de la grande avenue du port.

Il réserva une chambre dans le premier hôtel venu et y déposa sa valise.

Ainsi allégé, il monta la colline vers l'hôpital. Rien n'avait changé. Il retrouvait une ville propre et tranquille sans aucune destruction, sans aucun stigmate de guerre. Tout était intact et resplendissait sous le soleil. Par rapport à tout ce qu'il avait vu antérieurement, il lui sembla qu'il renaissait dans un monde apaisé et normal. Tout était de bon augure et son impatience monta d'un cran. Une bonne chaleur l'entourait. En montant et en accélérant le pas, il sentit l'ardeur du soleil au-dessus de sa tête et c'est en transpirant qu'il arriva à l'entrée de l'hôpital.

Il hésita. Devant l'agitation du hall, des allées et venues d'entrants et de sortants, les uns sur des brancards, les autres debout sur leurs pieds, avec leurs accompagnants et les visiteurs, il se trouva pris au dépourvu. Allait-il s'adresser au guichet ?

Sa résolution fut vite prise. Profitant du charivari, il courut dans le grand escalier et arriva essoufflé au premier étage. Là, il se calma… Allait-il l'apercevoir au détour d'un couloir poussant un chariot avec le nécessaire pour les soins ou bavardant avec des collègues sur l'attitude à adopter devant tel ou tel symptôme ? Son cœur battait à cent à l'heure. Une fine transpiration mouillait ses tempes. Il avança dans le couloir. Il passa devant la chambre qu'il avait occupée autrefois. Il fut pris de l'envie irrésistible de regarder qui l'occupait maintenant. Il toqua une fois.

Devant l'absence de réponse, il toqua une seconde fois et entrouvrit la porte. Un vieux monsieur aux tempes grises dormait la bouche ouverte ; une perfusion était branchée à son poignet. Il referma doucement la porte et sur la pointe des pieds, se dirigea vers le box des infirmières.

Elles étaient trois. Louis les examina une à une. Aucune malheureusement n'était Jasmine. Elles étaient jeunes et sveltes dans leurs blouses blanches. La petite blonde, assise au bureau notait ses observations dans un dossier. C'est du moins ce qu'il supposa. Une grande brune devant le comptoir latéral préparait un plateau métallique tandis que la troisième, très brune au teint mat, l'aidait en lui apportant le nécessaire. Sa présence sur le seuil leur fit détourner le regard. L'une d'elle interrogea :

- Cherchez-vous quelqu'un ? Un malade ?

Il répondit directement :

- Jasmine n'est pas là ?

Elle se regardèrent étonnée, devant la demande impromptue de ce jeune homme à l'aspect pourtant timide et emprunté.

- Jasmine ou plutôt Yasmina, une infirmière qui travaillait ici, il y a deux ans.

Elles s'interrogèrent du regard et la grande brune répondit :

- Non ! Il n'y a pas d'infirmière qui s'appelle Jasmine et qui travaille actuellement dans ce service…

- Vous savez, tout a changé ! Elle doit être dans un autre service. Nous, nous sommes nouvelles et ne pouvons pas vous informer.

La petite blonde assise au bureau réplica :

- Vous la chercher vraiment ? C'est important ?

- Oui ! Très important !

Mais, il n'en dit pas plus, par discrétion…

- Oh ! Oui, je comprends, fit-elle.

Elle réfléchit :

- Il doit y avoir un moyen de vous aider ! Oh ! ça y est ! J'y suis ! L'infirmière-chef, Aïcha, elle est là depuis longtemps. Elle saura vous renseigner. Elle n'est pas de service aujourd'hui, mais le sera demain. Revenez demain matin, je pense qu'elle saura vous dire ce qu'est devenue votre Jasmine…

Et, elle sourit longuement d'un air entendu…

Louis dans son impatience de revoir Jasmine était déçu. Mais tout n'était pas perdu ! En effet, il se rappelait l'infirmière-chef avec qui Jasmine avait négocié son séjour de deux jours supplémentaires à l'hôpital. Il revoyait son air sévère et son sourire coincé quand elle venait pour des soins dans sa chambre.

Il remercia confus, en rougissant un peu et se dirigea vers la sortie. Arrivé au milieu du couloir, il entendit le rire des trois infirmières s'égrener dans son dos.

L'une d'elle dit :

- C'est une histoire d'amour ! Il est craquant ! Il craint d'avouer ses sentiments !

Il revint rapidement de sa déception et, peu à peu reprit confiance. N'était-il pas né sous une bonne étoile ? Depuis juin quarante, il était un soldat parmi tant d'autres, affrontant les pires situations. Beaucoup de ses camarades étaient morts, d'autres avaient été grièvement blessés. Bien souvent des bombes, des obus étaient tombés près de lui, des balles avaient sifflées à ses oreilles, avaient ricoché sur la tôle de son camion : Il n'avait jamais été blessé. Il fallait qu'un ange gardien le protège… ou était-ce une bonne étoile qui veillait sur lui en permanence ! La seule fois qu'il avait manqué de mourir, était par la piqure perverse d'un moustique lui ayant donné une crise aigüe et maligne de paludisme. Non seulement, il s'en était sorti indemne, mais en plus, cette grave maladie s'était soldée par un grand bonheur : La rencontre de Jasmine et le début de leur merveilleuse histoire d'amour… Alors, pour ce qui était aujourd'hui d'une simple difficulté pour revoir sa bienaimée, il avait confiance dans sa destinée. Sa bonne étoile le guiderait pour vaincre encore les quelques obstacles à leur communion et à leur union définitive.

C'est dans cet esprit qu'il s'endormit profondément ce soir-là, la veille de son important rendez-vous avec la femme de sa vie.

L'infirmière-chef.

Il se retint de se lever de bonne heure et de courir trop tôt vers l'hôpital. Il savait qu'un service de médecine, le matin, est une ruche bourdonnante où les infirmières s'affairent à leurs nombreuses et différentes tâches. Il calma sa fièvre amoureuse, contrôla son cœur dans sa poitrine, ses mains moites. Il monta vers son but par des chemins détournés en priant sa bonne étoile de ne pas l'abandonner justement le jour où sa vie se jouait encore une fois… et réussit à se pointer dans le service de médecine du premier étage seulement vers onze heures.

Ce n'était pas l'heure des visites. Aussi passa-t-il dans le hall sans regarder vers le comptoir de l'accueil et s'engouffra dans l'escalier comme un habitué ou un nouvel interne non encore revêtu de sa blouse blanche. Il alla jusqu'au box des infirmières et attendit qu'on s'intéresse à lui. Elles étaient toutes occupées et s'affairaient dans tous les sens. Il reconnut de loin Aïcha, l'infirmière-chef, à sa petite taille, à sa démarche assurée et sereine. Elle était plus âgée que ses collègues ; des rides marquaient son front et le coin de ses yeux ; des fils blancs tissaient sa chevelure grisonnante. Elle marchait calmement vers lui. Un plateau métallique étincelait sous la lumière du jour dans ses mains parcheminées. Elle paraissait réfléchir… Quand elle le vit, appuyé contre le mur du couloir, elle se redressa, la poitrine en avant, et plongea son regard noir dans ses yeux ; elle dit soudain :

- Ah ! C'est vous ?

Elle se fit sévère :

- C'est vous qui voulez avoir des nouvelles de Jasmine ?

Louis eut l'étrange impression qu'il allait se faire engueuler. Il répondit timidement :

- Oui ! C'est moi ! Je m'appelle Louis. Peut-être vous souvenez-vous de moi ?

Le même ton sévère lui répondit :

- Si je m'en souviens ! Ce n'est pas tous les jours qu'un patient détourne une de nos jeunes infirmières de son devoir !

Louis balbutia quelques mots qu'elle n'entendit point.

- Alors, suivez-moi dans mon bureau.

Le bureau de l'infirmière-chef était au bout du couloir. Louis la suivit. Il se retenait de sourire en pensant : « Je vais me faire tirer les oreilles comme un gamin ! » Et, il se rappela sa dernière engueulade de collégien quand il avait cassé un carreau à la fenêtre du censeur en jouant au ballon avec ses copains.

Le bureau était exigu, mais une porte ouverte donnait sur celui du médecin-chef. Il était pour l'instant absent.

Elle l'invita à s'assoir sur la chaise en face d'elle et attaqua sur le même ton revêche :

- Je me souviens en effet de vous, de votre crise aigüe de paludisme et, par-dessus tout, des traces que vous avez laissé lors de votre rétablissement, puis de votre sortie.

- Oui ! Madame ! J'aimerais simplement savoir ce qu'elle est devenue !

Elle continua sur le même ton :

- Mon cher monsieur ! Vous l'aviez mise enceinte ! Et savez-vous que dans notre civilisation, c'est très grave ! Qu'une jeune fille se laisse mettre enceinte par un soldat de passage ! C'est le pire qui puisse survenir ! Qu'elle aurait pu être lapidée, chassée de partout et mise au ban de la société ?

Il balbutia :

- Oh ! J'espère qu'il ne lui est rien arrivé de tel !

- Non ! Jasmine avait reçu de Dieu tous les dons, toutes les qualités : La beauté, le charme, l'intelligence, la douceur, la prestance. Il a suffi que, quelques jours après votre départ, nous appelions le chirurgien-chef pour voir un patient. Il la remarqua d'emblée, la supplia pour qu'elle vienne travailler à ses côtés et tomba fou amoureux d'elle ; ils s'aimèrent et s'épousèrent. Neuf mois après naissait le plus beau des bébés. Je crois qu'ils l'ont appelé Mohammed…

Devant cette avalanche d'informations, Louis comprit tout de suite le désastre. Il se tint contracté, le dos courbé, les yeux tournés vers le sol. Ses mains tremblaient, se tordaient. D'un côté, il était tranquillisé que Jasmine et « son fils » soient sains et saufs, à l'abri du besoin, d'un autre côté, il comprenait qu'il les avait perdus, définitivement perdus… Il était trop tard pour inverser le cours des évènements. Le sort en était jeté. C'était une catastrophe ! Du moins pour lui ! Des larmes sourdaient à ses paupières. En un instant, tous ses espoirs étaient ruinés ; tout ce qui lui avait fait tenir le coup pendant les rudes combats de Normandie ou d'Alsace, par cette simple conversation, était ramené à zéro… Difficile à avaler…

Aïcha comprit. Elle avait devant elle un homme éploré, battu, vaincu par l'âpreté, l'injustice de son destin. Elle vola à son secours.

- Dites-vous bien que cette histoire se termine bien. Que Jasmine est heureuse et que son fils aussi. N'est-ce pas ce qui compte pour vous ?

Il réplica péniblement :

- Oui ! C'est le plus important…

Il essaya de se défendre :

- Vous savez… J'étais soldat… Un simple soldat. Je devais regagner mon unité, obéir… et chasser les nazis de mon pays, de Paris. Cela a pris un certain temps de1943 au huit juin 1945. Je me suis ensuite précipité ici le plus vite possible…

- Je comprends… fit-elle. Oui ! Je comprends, répéta-t-elle.

- J'aimerais revoir Jasmine pour lui dire un adieu définitif…

- Si vous êtes raisonnable, qu'en aucun cas vous ne bousculiez l'honneur de Jasmine… et son bonheur, je veux bien vous dire où elle se trouve…

- Je vous jure sur mon honneur de respecter Jasmine et ce qu'elle est devenue. J'ai compris que ma vie est désormais ailleurs. J'oublie, j'oublierai mes rêves, mes illusions. Contraint et forcé, je tournerai la page de cet amour de jeunesse et après l'avoir vue, je reprendrai le bateau pour la métropole.

- Bien, je vois que vous êtes un homme raisonnable d'une part, et un homme de parole, d'autre part. Si vous voulez la voir, il suffit que vous preniez la piste qui monte derrière les bâtiments de l'hôpital. A environ un kilomètre, vous verrez une grande maison toute neuve et toute blanche, c'est là qu'elle habite… avec son mari. Allez-y demain matin, en milieu de matinée, vous la trouverez seule. Son mari est très occupé ; vous le savez beaucoup de nos chirurgiens ont été engagés dans l'armée et ne sont pas encore tous rentrés. Le service de chirurgie se trouve encore en sous-effectif ; de ce fait, il opère tous les matins et même quelquefois l'après-midi. En son absence, vous pourrez lui parler tranquillement.

Louis remercia et serra chaleureusement la main d'Aïcha qui lui avait donner le moyen de revoir Jasmine.

Louis ressortit de l'hôpital tout étourdi. C'était comme si on lui avait asséné un coup de gourdin sur la nuque. Il eut soudain envie d'un alcool fort, traversa la rue et avisa un petit café-tabac. Il s'adossa au comptoir et commanda un cognac. Il s'essuyait de temps en temps le front où perlait une intense transpiration. Il vida d'un seul trait le contenu du petit verre et en recommanda un autre. L'alcool en lui brulant la gorge, parut le revigorer… Il intégrait peu à peu toutes les données de sa conversation avec Aïcha. Il se disait : « C'est ainsi ! Il faut l'accepter.

C'est dur ! Jamais, je n'aurais pu imaginer un tel dénouement à notre idylle ! » Une folle envie de pleurer le submergeait, mais le regard insistant du patron le retint. Il voulait garder sa détresse pour lui-même et ne pas donner de fausses explications à ses pleurs. Alors, il remercia, paya et s'enfuit sans rien dire.

Dans la rue, il donna libre cours à son chagrin et pleura abondamment. Les rares passants le regardaient puis détournaient la tête. Il se dirigea ainsi inconsciemment vers le centre-ville.

Du temps de son séjour à Blida, content alors d'être sorti du désert, juste avant son hospitalisation, Alger était pour lui et ses copains, la ville où l'on sortait s'amuser, boire dans les bars, s'étourdir entre amis et, puis, finir au bordel. Il avait aimé cette ville qui ressemblait un peu à son cher Paris avec ses cinémas, ses terrasses de café et même ses Galeries Lafayette et son Printemps.

Pour l'heure, dans sa détresse, Alger avait perdu son côté ludique, son éclat. Il erra comme un zombi dans ces mêmes rues où, avec ses copains, ils avaient chanté leur bonheur d'être encore en vie, d'être jeunes, d'avoir tout un avenir inouï devant eux même s'il s'avérait dangereux. L'éclat de la lumière, la douceur du soleil ne le pénétraient plus. Il grignota un sandwich du bout des lèvres arrosé d'un demi à la terrasse d'un café et rentra à son hôtel, triste comme un bonnet de nuit.

L'entrevue.

Le soleil était déjà haut dans le ciel quand Louis attaqua la piste en lacets qui menait à la maison de Jasmine. La journée se promettait d'être belle et les oiseaux chantaient dans les taillis de genévriers, de ronciers et de mandragore. Au détour d'un lacet, il aperçut une maison toute blanche, isolée dans la campagne. Elle était entourée de murs derrière lesquels dépassaient une haie de lauriers-roses en fleurs. Des oliviers croissaient plus haut épars dans la colline. Cette propriété lui parut spacieuse. Tout autour, la campagne était déserte et on entendait au loin le bruit de la ville, du port et de la gare.

C'était un homme vaincu par l'adversité qui grimpait le chemin le dos courbé comme s'il portait tous les malheurs du monde. Il savait qu'il ne pouvait inverser le cours des évènements. Il était étrangement calme et s'était fait une raison. Il savait que son sort était acté et pourtant, cette entrevue lui semblait la plus importante de sa vie.

Tout était calme. Il approchait en accélérant le pas comme pour en finir et se trouva bientôt devant le portail. Sans hésiter, il tira la sonnette. Des chiens aboyèrent. Un jardinier en bleus de travail vint lui demander la raison de sa visite. Avant qu'il réponde, Jasmine, du haut de la terrasse, intervint. Elle avait un bébé dans les bras et commanda :

- Ahmed, laisse entrer… Je connais ce monsieur !

Le jardinier calma les deux chiens et ouvrit la porte à Louis :

- Doucement les chiens… Doucement…

Les deux chiens flairèrent longuement l'arrivant puis consentirent à regagner leur chenil qu'Ahmed ferma.

Louis avança dans l'allée de cailloux blancs puis grimpa les escaliers quatre à quatre pour accéder à la terrasse sous les yeux surpris de Jasmine.

Louis retrouva une femme plus assurée… que la maternité avait comblée. Il fut d'emblée attiré par son large bassin et peut-être aussi par des seins qui, il n'en douta pas un seul instant, étaient dans le rôle auquel ils étaient prédestinés. Elle était un peu plus volumineuse. Il comprit alors son désir ancien de paternité car, même réprimé, il réapparaissait à toute allure. On ne pouvait rester indifférent devant une telle femme. Elle arborait un sourire confiant et son regard vert-émeraude souligné par de longs cils et des sourcils bruns-noirs, étincelait d'un bonheur serein. Une douceur étonnante sourdait par tous les pores de sa peau brune. Ses longs cheveux noirs s'étalaient sur ses épaules. L'enfant endormi dans ses bras paraissait être si heureux que Louis l'envia un instant. Elle vit son regard s'attarder sur ce petit être tout potelé et bien nourri… Elle dit :

- C'est mon second garçon… Il a trois mois. Je le nourrirais de mon propre lait le plus longtemps possible…

Elle examinait son visiteur avec soin en montrant qu'elle n'était pas encore revenue de sa surprise :

- Te voilà, revenu sain et sauf ! Chaque jour, j'écoutais à la radio les reportages sur le débarquement, sur les atrocités de la guerre et des nazis, les bombardements des villes, la contrattaque des Allemands dans les Ardennes… Je pensais à toi, je t'imaginais parmi ce chaos… J'ai eu tellement peur que tu périsses au milieu de ces bombes, de ces destructions que je ne pensais jamais te revoir… Je me réveillais la nuit en proie aux pires cauchemars ! Oui ! je ne pensais pas te revoir comme tu es là maintenant, devant moi, avec tous tes membres et en bonne santé… Je suis si heureuse qu'il en soit ainsi et rassurée !

Elle marqua une pause, le dévorant des yeux avec une envie folle de l'embrasser ; la décence la retint. Elle reprit :

- Mais, entre dans le salon, j'ai quelque chose d'important à te montrer.

Elle lui indiqua une large porte-fenêtre. Il la précéda dans une pièce très spacieuse. Le soleil pénétrait par deux grandes baies vitrées avec vue au loin sur la mer. Le sol carrelé de tommettes était en partie recouvert de tapis berbères. Un salon s'articulait autour d'une table basse. Ils s'assirent naturellement face à face.

Un petit garçon d'environ dix-huit mois jouait sur le tapis avec des cubes en bois. Il se précipita vers sa mère en criant :

- Maman !

Il caressa les genoux de sa mère assise dans le fauteuil. Celle-ci l'embrassa, lui passa la main dans les cheveux et lui dit :

- Va jouer, Mohammed, je m'occupe de ton petit frère. C'est l'heure de sa tétée. Je te prendrai après sur mes genoux quand il s'endormira.

Le petit garçon retourna jouer sans protester.

Alors, elle déclara les yeux dans les yeux de Louis avec le sourire le plus doux, le plus complice :

- Voilà l'important ! Je voulais te le montrer !

Elle désigna le petit garçon de dix-huit mois :

- Notre fils !

Elle se reprit tout de suite de peur que son interlocuteur ne se fasse des illusions :

- Mon mari pense qu'il est de lui, l'a reconnu et a insisté pour choisir son prénom.

Louis la rassura :

- Oui, je sais ! J'ai vu Aïcha hier à l'hôpital. Elle m'a prévenu… m'a tout raconté ! On ne peut pas revenir sur des faits qui ont été actés. Tu es mariée, tu as deux beaux garçons. Je ne suis là que de passage et mon plus grand bonheur est de te voir heureuse. Nous emporterons dans la tombe notre grand secret…

Il prit son visage dans ses mains et versa quelques larmes. Il eut honte tout de suite de pleurer devant une femme qui avait montré tant de courage devant les difficultés de sa vie. N'était-il pas à ses yeux un vaillant combattant de la deuxième D.B ayant vaincue l'Allemagne nazie ? Il ravala sa salive - et ses pleurs - et lui sourit d'un sourire contraint.

Son regard fit le tour de la pièce. Il la trouva d'autant plus vaste que le mobilier y était rare. Les murs étaient blancs-écrus et étrangement nus. Seule, une commode de style qu'il crut provençal, s'imposait au milieu du mur côté nord et soudain comme un flash dans la nuit, son regard fut attiré par un tableau au cadre doré, d'autant plus surprenant qu'il était le seul de toute la pièce. En s'attardant dessus, malgré la distance, Louis vit très bien une femme portant un enfant dans ses bras.

Jasmine l'observait le sourire en coin.

- Approchons-nous si tu veux voir ce tableau de plus près.

Il fit les quelques pas et reconnut Jasmine, ses yeux verts-émeraude, ses sourcils bruns et sa longue chevelure noire lui recouvrant les épaules, tenant dans ses bras un bébé d'environ trois mois, joufflu et potelé, sur un fond de campagne, de lumière et de ciel méditerranéen.

Ce tableau « de la femme et l'enfant » émut au plus haut point Louis qui se sentit d'emblée concerné et resta muet tant sa gorge l'étreignit, incapable de prononcer le moindre mot pour féliciter les personnages comme l'habilité du peintre qui avait su rendre si bien et en si peu d'espace, l'amour, la maternité, le bonheur de vivre et de procréer sous la bienveillante lumière méditerranéenne... Jasmine sentit la forte émotion de son invité et rompit le silence :

- C'est nous fit-elle. Je veux dire « notre fils » et moi. Il avait environ quatre mois. C'est un élève de l'école des Beaux-Arts d'Alger qui l'a peint d'après une photo… Pour ne pas nous laisser poser sous le soleil pendant des heures… Il a cru avoir louper le premier essai et l'a recommencé une seconde fois.

Elle ouvrit le tiroir de la commode et en sortit une toile roulée.

- Tiens, fit-elle. Regarde…

Louis déroula la toile avec soin et l'examina précieusement en la tenant à distance, au bout de ses bras, puis plus près, appréciant chaque détail. Il dit simplement :

- Elle est formidable. Je ne vois rien de maladroit… Cette toile me remue profondément…

Un frisson lui atteignit le cœur puis irradia à l'ensemble de son corps jusqu'à l'extrémité de ses orteils.

- Je ne trouve pas les mots pour exprimer ce que je ressens… C'est extraordinaire !

- L'artiste a signé dans le coin à droite. Regarde ! Je crois lire : Ben Abou… On ne comprend pas bien ! Je suis d'accord, il est très fort… Mais j'y pense ! Si cette toile t'émeut, si elle te plait, emmène-la avec toi… Elle sera mieux en ta possession que roulée dans ce tiroir. Ce sera le souvenir de tes amours de soldat et de leur résultat ! ajouta-t-elle en riant.

Louis était stupéfait.

- Bien sûr que j'accepte ce cadeau. C'est beaucoup plus qu'un cadeau, je le reçois comme un don du ciel… Je l'encadrerai, je le suspendrai au-dessus de mon lit… Je l'emmènerai partout avec moi... Il me suivra partout toute ma vie, je le promets ! Merci…

Il pensa « Merci, mon amour, » mais, ne le dit pas. Il avait envie de l'étreindre. L'enfant endormi dans ses bras l'en empêcha. Il se contenta de lui délivrer un baiser sur la joue.

L'enfant se réveilla. Déjà, il s'énervait en réclamant et en cherchant le sein. Ils retournèrent s'assoir dans le salon et Jasmine commença de déboutonner sa robe pour ouvrir l'accès à ses seins. Pensant soudainement qu'elle était en présence d'un jeune homme étranger aux rituels de la maternité, elle questionna :

- Est-ce que ça te dérange si j'allaite mon bébé en ta présence ?

C'était la première fois que Louis allait voir une femme donner le sein. Il était un peu gêné, mais répondit le plus spontanément du monde :

- Pas du tout ! C'est bien naturel !

Jasmine appela sa cuisinière en élevant la voix :

- Fatima !

Une vieille femme sortit de la cuisine :

- Madame…

- Prépare-nous un thé à la menthe !

- Oui ! Madame, tout de suite…

Le bébé se précipita sur la mamelle offerte et gonflée du précieux aliment. Sa mère souriait d'aise devant l'avidité de son fils. Elle ne voulut pas qu'un silence gêné s'installât entre son interlocuteur et elle. Elle chercha ses mots :

- Elle est déjà loin l'agile infirmière qui courait dans les couloirs de l'hôpital pour soigner de jeunes soldats… et acceptait de recevoir un amoureux dans sa chambre de « nurse-ville » le soir jusque tard dans la nuit ! C'est un souvenir que je ne regrette pas. Ma vie a changé ; je suis une mère de famille avec déjà deux enfants, un mari qui a une très belle situation et de l'ambition. Il m'a dit qu'il aimerait avoir une nombreuse famille, peut-être une dizaine d'enfants. Aurais-je la force de satisfaire ses désirs ? Déjà, il est très fier de ses deux garçons… Et c'est très bien !

La cuisinière apporta le thé à la menthe sur un plateau d'argent. Elle le servit avec la cérémonie d'usage, puis s'éloigna discrètement. Jasmine reprit :

- Ses ambitions ne s'arrête pas à posséder une nombreuse famille. C'est un homme ouvert au progrès qui peste contre l'obscurantisme. Avec des collègues et l'élite de la société algérienne - avocats, professeurs, artistes, chefs d'entreprise – ils rêvent d'une Algérie libre et indépendante, ouverte à l'extérieur et laïque, c'est-à-dire s'éloignant d'un islam trop prégnant. Ils pensent que la

France républicaine, délivrée de l'occupation et de la colonisation allemande, dans sa tradition révolutionnaire, acceptera l'émancipation de l'Algérie d'autant que la démographie sera en faveur de la population autochtone. D'après eux, une guerre d'indépendance ne sera pas nécessaire… Du moins, ils l'espèrent et feront tout pour l'éviter !

Louis écoutait en dégustant son thé à la menthe.

- La fin de la colonisation est pour demain. Les peuples doivent vivre libres et égaux entre eux. Après la dernière hécatombe, il me parait normal d'éviter les conflits.

Louis approuvait. Il n'avait jamais pensé à l'indépendance de l'Algérie. Quand De Gaulle en 1943 avait déclaré Alger capitale de la France libre, il s'y était senti comme en France et avait applaudi des deux mains. D'ailleurs les Européens, les populations autochtones d'Afrique du Nord et d'Afrique « noire » avaient combattu, solidaires, à leurs côtés, le nazisme, pour que la France reconquière son territoire et sa dignité. Il comprenait… La page était tournée. La France devait se tourner vers l'avenir, évoluer et tenir compte de l'aspiration des peuples à la Liberté… Saurait-elle le comprendre à temps ?

Le bébé grogna. Le premier sein paraissait vide. Jasmine sourit. Elle fit :

- Ce qu'il est vorace !

Elle mit à nu son sein au repos et le présenta vite à la bouche affamée avant que le bébé ne se fâche.

Louis assista, médusé, à la fin de la tétée. Puis, elle emmena son fils à Fatima.

- Si tu peux le bercer un peu en attendant son rôt, le changer et le mettre dans son berceau.

Elle revint vers Louis. Celui-ci se leva. Cette leçon de nurserie l'avait apaisée. La perspective de l'Algérie indépendante le chiffonnait peut-être un peu. Mais ce n'était pas son problème… Il repartait avec sa précieuse toile roulée entre ses mains.

- Jasmine, je ne t'oublierai jamais. Chaque jour, je penserai à toi et je te regarderai sur cette toile.

- Va en paix ! Je suis certaine que tu auras une belle vie !

Ils sortirent. Sur la terrasse, il jeta un dernier coup d'œil sur la ville, le port et la mer. Il pensa et dit :

- L'endroit est magnifique !

Il descendit les marches, suivi du sourire bienveillant de Jasmine…

Le retour.

Il descendit la pente à grands pas, le cœur léger. C'était ainsi. Il ne devait pas avoir de regrets. Il avait devant lui toute une vie de paix et de bonheur à s'inventer.

Il passa à l'hôtel récupérer ses quelques affaires et marcha vers le port. Un cargo appareillait le soir même pour Marseille. Quelques places pour des passagers restaient encore. Il en profita.

Il arpenta le pont une partie de la nuit. Des étoiles scintillaient dans le ciel. La lune éclairait une mer d'encre noire et calme. Le cargo semblait profiter d'une météo favorable pour voguer sur les flots à toute vapeur.

Louis repensait à sa conversation avec Jasmine. Il se disait : « S'il avait été possible qu'elle m'attende, en restant infirmière et en confiant son fils – le nôtre – provisoirement à une nourrice, ils seraient là tous les deux à mes côtés… Je les emmènerais à Paris. Je les ferais vivre dans deux pièces insalubres et humides dans les brumes de l'automne et de l'hiver parisien. Elle serait infirmière à l'hôpital et moi chauffeur de camion ou de bus. Quelle vie lui aurais-je prodiguer loin de chez elle et de sa civilisation ? Alors finalement, elle est mieux là-bas, sous son climat de soleil et d'odeur de jasmin, dans sa belle maison avec vue sur la mer avec un mari chirurgien qui lui fera une belle famille. »

Cette pensée lui revenait sans cesse. Il s'en persuada : « Oui ! C'est ça. Elle sera mieux sous le soleil d'Alger, dans sa civilisation avec un statut de femme de notable. »

Plus tard, il se rappela cette « fable » d'indépendance de l'Algérie que la France ouverte et compréhensive négocierait dans une entente mutuelle. Lui, qui connaissait l'esprit des officiers et des sous-officiers de l'armée française, leur mépris pour les populations autochtones d'Afrique ou d'Asie, leur nationalisme, il souriait devant une telle naïveté. La France, ses cadres politiques n'étaient pas prêts… parce qu'ils croyaient encore que ce petit pays d'Europe pouvait « régner sur les cinq continents ! »

Quelle bêtise ! pensa-t-il. Mais Louis, le soldat de deuxième classe redevenu civil, avait-il une voix, une petite voix au chapitre ? Non ! Alors, ce n'était pas son problème… Paris était délivré des nazis… Son combat était terminé !

Paris.

Le lendemain de son retour, il se précipita au bateau lavoir à Montmartre où, au fil des jours, des « rapins » commençaient à revenir et à poser leurs tréteaux et leurs matériels.

Il en rencontra un qui paraissait se réveiller de sa nonchalance et s'installait dans son atelier à la recherche de son talent.

Louis lui montra sa toile en lui demandant de la fixer sur un châssis. Le peintre l'examina d'un œil averti et critique, puis regarda Louis.

- Puis-je te donner mon avis ?

- Oui ! Pourquoi pas ?

- Mon vieux, excuse-moi du peu, mais, quelle croûte ! Quel est cet apprenti qui a osé appeler cette croûte une œuvre d'art ?

Louis fut déçu et assez désolé par cette appréciation. Pour lui, c'était la plus belle toile de « la femme et l'enfant » de tous les temps parce qu'elle lui appartenait, à lui seul, avec son secret, tous les sentiments, les émotions, les souvenirs que sa vue lui procurait !

- Pour moi, c'est la plus belle. Mais, la seule chose que je te demande – en dehors de toute appréciation - c'est de la mettre sur un châssis.

- Oui, oui ! Je comprends. A chacun ses jugements, ses opinions !

Il mesura la toile, chercha dans son capharnaüm un châssis adéquate et s'exécuta.

- Si tu veux j'ai un petit cadre doré de la dimension de ta toile.

- Montre !

Le rapin exhiba un cadre doré et poussiéreux. Louis le regarda et dit :

- Il fera l'affaire !

Louis le paya, le remercia et redescendit, alerte, vers la Place Clichy avec le précieux tableau sous le bras.

Il n'eut pas le cœur de braver les questions et les commentaires de ses parents. Il passa par le porche et monta accrocher le tableau dans sa chambre sur le mur juste en face de son lit. Là, il resta un long moment à l'admirer comme anéanti par des flots de sentiments et de tendresse…. Il les avait là dans sa chambre et pourrait les admirer chaque jour. Un vrai bonheur !

Le Chasseur français.

¶

Louis pendant de longues semaines erra dans les rues de Paris s'arrêtant dans les squares ou les bistrots pour discuter du temps passé, admirant l'un après l'autre les principaux monuments de la capitale jusqu'aux hôtels particuliers… Il avait l'impression d'avoir déjà vécu sa vie, et surtout, de ne pas avoir d'avenir. Il était empreint d'une nonchalance qui l'entraînait dans des souvenirs nostalgiques. Comme il ne voulait pas vivre aux crochets de ses parents, il trouvait de petits boulots, s'embauchait aux halles à décharger des cageots ou comme il connaissait Paris comme sa poche, devenait chauffeur-livreur le temps d'un après-midi.

Dans sa tête, il n'avait plus de nazis à combattre, plus de femme à aimer, plus d'enfant à élever et par conséquent plus rien à faire que de vivre au jour le jour sans idéal et sans but…

Ses parents le comprirent et l'incitèrent à entrer dans la vie active en choisissant d'abord un métier convenable. Pourquoi ne deviendrait-il pas chauffeur de bus à la R.A.T.P, lui qui avait piloté tant de Bedford et de G.M.C ? Son frère n'était-il pas pilote de ligne à Air-France ?

Un matin qu'il s'était attardé au lit, le regard de Jasmine, celui du tableau disposé en face de son lit, étincela d'une ardeur nouvelle. Il semblait lui dire : « Toi le vaillant combattant, toi qui fus mon amant et mon géniteur, tu ne peux pas t'amollir au lit comme ce matin. Regarde l'heure ! Il sera bientôt midi ! Tu dois repartir au combat, toi le valeureux, le courageux, l'héroïque !

Ce fut comme un électrochoc. Il s'habilla vite, descendit l'escalier. En buvant son café dans la cuisine, il vit la queue dans la boutique. Il fallait encore des tickets pour les aliments de première nécessité : Le lait, la farine, le sucre etc. A ses yeux, dans cette France à la liberté retrouvée, c'était intolérable !

- Alors, se dit-il, si après avoir chassé les nazis, je veux continuer d'être utile à mon pays, si je désire que les Parisiens mangent à leur faim, je me dois de produire des aliments de base. Voilà ! Je me ferai agriculteur !

Il trouva cette idée géniale. Il en rêva un instant, se voyait déjà à la campagne au milieu des champs, des vaches et des chevaux. Il sortit et se dirigea vers le kiosque à journaux de la Place Clichy, juste à côté de la bouche du métro. Il acheta le Chasseur Français. Pourquoi le Chasseur Français ? Il est probable que quelque part, dans son inconscient, il connaissait la renommée de cet hebdomadaire…

Il tomba en effervescence devant une petite annonce :

« Jeune femme cherche compagnon solide pour tenir en commun une ferme de soixante hectares. Ecrire au journal qui transmettra. »

- Voilà exactement ce qui pourrait me convenir, se dit-il.

Il écrivit sans tarder. La réponse ne tarda pas non plus. On lui demandait de se rendre à Licy-Clignon près de Château-Thierry pour que les deux parties puissent se faire une idée juste de leurs engagements.

Il s'y rendit dès le lendemain. Il prit le train à la gare de l'Est, descendit à Château-Thierry, prit un car jusque Bussiares et termina son voyage à pied pour atteindre le village et la ferme concernés.

Nous étions au mois de mai 1946. Les oiseaux chantaient dans les arbres. La petite route longeait le marais d'un côté, de l'autre des pâtures en pente montaient vers le plateau. Le printemps avait redonné ses feuilles aux peupliers du marais. L'herbe d'un vert tendre croissait dans les prés. Des vaches aux couleurs différentes, noires et blanches, brunes et blanches ou à la robe fauve et aux pies gonflées de lait, s'en régalaient.

Louis s'arrêta un instant pour humer la bonne odeur de la campagne : Un mélange d'humus et de plantes aromatiques des marais… et continua sa course. Il passa sur le pont de la petite rivière qui coulait allègrement avec un petit clapotis rassurant. Un peu plus haut, des lavandières battaient le linge dans le lavoir municipal en caquetant. Il les salua d'un grand signe, passa devant l'école empreinte d'un silence studieux, puis devant l'église à la porte toujours ouverte. La route monta pendant cinquante mètres et notre héros se retrouva devant le porche d'une ferme d'apparence majestueuse.

Il était arrivé. Il respira un grand coup, franchit le portail. Des volailles s'enfuirent, des oies criaillèrent, des chiens dans leurs niche aboyèrent. Il n'eut pas besoin de toquer à la porte de la maison : Une jeune femme blonde, grande et gironde, se présenta. Sur sa figure bonasse se dessinait un accueil des plus sympathiques :

- C'est moi, Louis qui a répondu à votre petite annonce…

Elle lui tendit la main avec un sourire engageant.

- Vous êtes le bienvenu. Avez-vous fait bon voyage ?

- Oh ! parfait ! La petite marche dans la campagne depuis l'arrêt du car m'a tonifié. Je sens que je vais aimer ce pays de cocagne.

Elle approuva ce jugement.

- Oui ! C'est le mien et nous y sommes bien. Mais entrez donc. Il la suivit dans un long couloir qui donnait sur une large cuisine.

- Asseyez-vous donc !

Il prit une chaise et s'assit à la table. Il regardait cette grande femme blonde, vive et alerte. Ses formes lui plaisaient bien. Elle avait semble-t-il du bon sens et allait droit au but. De quoi réveiller un homme endormi et nonchalant.

- Voulez-vous boire quelque chose : Café, eau, cidre bouché maison. C'est mon père qui le fait avec les pommes de la pâture.

- Eh ! bien, je vais goûter au cidre !

- Je cours le chercher à la cave…

Elle revint bientôt, fit pêter le bouchon avec dextérité et servit le cidre qui n'en finissait plus de mousser. Ils trinquèrent.

Louis crut bon de se présenter. Il résuma son aventure de soldat de la deuxième D.B et affirma son désir de devenir agriculteur malgré son absence de connaissance ou de formation dans ce domaine. Elle le rassura en lui affirmant qu'il apprendrait tous les jours avec elle et son père qui sentait ses forces décliner et voulait se retirer définitivement.

- Je vais vous montrer cette ferme.

Des bâtiments s'organisaient autour d'une grande cour rectangulaire. Jouxtant la maison d'habitation, se situait d'abord l'écurie. Ils entrèrent par la large porte toujours ouverte. Quatre énormes chevaux de trait - des boulonnais - étaient dans leur box.

- Nous sommes encore dans une économie de guerre. Le premier achat devrait être un tracteur qui remplacera les chevaux…

Ils passèrent à l'étable qui était vide,

- Nos douze vaches laitières sont au pré au-dessus de la rivière. Je les rentre le soir pour la traite.

Le poulailler était à côté et tout au fond la porcherie où cinq énormes porcs grognèrent quand ils entrebâillèrent le portillon qui permettait de les nourrir.

- Tuer le cochon pendant les années sombres était une fête. Nous nourrissions le canton pendant plusieurs jours. J'espère que ce sera bientôt fini et nous arrêterons cet élevage…

A l'arrière de la ferme s'étendait un hangar où était entreposée la paille, puis une grande pâture s'élargissait à perte de vue en montant vers le plateau. Elle était ombragée d'un grand noyer et, ici ou là, par quelques pommiers.

- Voilà notre ferme ! Vous convient-elle ?

- Parfaitement ! Je vois que tout a été pensé pour que les gens des alentours ne meurent pas de faim.

- C'est exact ! Ma mère fabrique encore du beurre et du fromage blanc. On dit que la laiterie va bientôt refonctionner. Elle ramassera le lait et rendra notre vie plus facile… Cette ferme devra évoluer vers une simplification des tâches…

- Ce programme me plait bien.

- Je vais vous présenter mes parents. Ils habitent dans la petite maison en face le portail.

Ils traversèrent la route. En entrant, Louis fut happé par l'odeur agréable d'un coq au vin qui mijotait dans une cocotte sur la cuisinière. On l'attendait avec la courtoisie d'usage.

Les parents de Thérèse étaient en effet très âgés. Le père respirait mal. Il s'expliqua en deux mots : Il fut dans les premiers gazés sur le « chemin des dames » en 1916, réformé pour cette raison après plusieurs mois d'hôpital et de sanatorium.

On se mit à table avec simplicité. Les produits du terroir furent absorbés avec gourmandise par le Parisien, content d'être reçu et attendu comme le Messie.

Quand Louis raconta brièvement son épopée, les parents de Thérèse le félicitèrent avec ces mots :

- Vous avez dû en baver !

- Cinq années à guerroyer sous toutes les latitudes !

- En effet, beaucoup de nuits à la belle étoile, la chaleur du désert ou le froid intense en Alsace ! Oublions tout ça ! C'est du passé et bâtissons l'avenir !

Le repas se termina par un café réhaussé d'une prune des bouilleurs de crues locaux.

- Nous allons vous montrer le domaine, dit le père.

Il mit ses brodequins, regarda les chaussures de ville de Louis et dit :

- Il n'y a pas trop de boue ; ça ira pour aujourd'hui.

Ils prirent le chemin le long des marais.

- Les peupleraies n'ont pas été nettoyées depuis longtemps ; ce ne sont que des broussailles tout juste bonnes pour cacher le gibier. Etes-vous chasseur ?

- Non ! Il m'est arrivé de chasser l'antilope en Afrique. C'était pour améliorer l'ordinaire… Sinon, jamais !

A droite s'étendait un pré qui montait vers le plateau. Thérèse dit :

- Voilà nos douze vaches laitières ! Nous avons aussi trois petits veaux…

Ils passèrent sous les barbelés et montèrent la pâture tout doucement. Quand il eut repris sa respiration le père dit :

- Je vais vous montrer les terres agricoles.

Ils arrivèrent sur le plateau. Il s'étendait à perte de vue en ondulant de creux et de bosses. Des bosquets le parsemaient de loin en loin.

- Voilà notre richesse : quarante hectares de bonne terre presque d'un seul tenant. Voyez comme le blé est déjà haut et commence à se former. Plus loin, nous avons les pommes de terre et les betteraves à sucre. Nous n'avons pas eu d'engrais depuis longtemps. Pour l'instant, nous ne mettons que le fumier des animaux pour augmenter le rendement.

Ils redescendirent par la route. Le père était encore plus pressé que sa fille de recueillir les impressions de leur prétendant :

- Alors ? Qu'en pensez-vous ?

Louis ne se fit pas prier :

- Tout me plait bien ici. Oui ! Tout ! Le cadre ! La campagne… Le bon air… Le travail !

- Vous resterez bien quelques jours pour mieux apprécier le genre de vie que vous aurez, si vous restez décidé à vous engager dans le métier d'agriculteur !

- Si vous voulez bien, ce sera avec plaisir !

Je tire un voile pudique sur la première rencontre amoureuse de Thérèse et de Louis, ma mère et mon père. Il est probable qu'elle ait eu lieu le soir même… J'ai toujours apprécié chez ma mère son côté pratique, logique et direct. « On n'attrape pas les mouches avec du vinaigre ! » était son dicton favori. Car ce n'était pas seulement d'un « associé » pour la continuité et la prospérité de sa ferme que Thérèse voulait ! Elle voulait un amoureux, un géniteur, un mâle, et si l'essai était concluant, on en passerait par les autorités officielles pour qu'il devienne un mari, le mari. Je l'ai tant entendu s'émouvoir sur les mâles qui ne valaient rien, sur tel étalon qui refusait la jument en chaleur et sur les taureaux incapables de féconder une bonne vache laitière que je pense vraiment qu'elle a voulu s'assurer de ce point essentiel le soir même !

Et, elle fut comblée car exactement neuf mois après cette première nuit, mon frère aine vit le jour, et environ deux ans après ce fut moi-même qui assourdit les oreilles de madame Barbier - sage-femme du canton - de mon premier cri. C'est du moins ce qu'on m'en a rapporté.

Quant au tableau de « la femme et l'enfant », il fut accroché dans la salle à manger du dimanche quelques jours après leur hyménée. Fut-ce l'ultime concession d'une femme amoureuse ? Quelles explications lui donna mon père ? La vérité ? Une vérité arrangée ? Toujours est-il que mon père ne voulut jamais s'en séparer comme s'il faisait partie de la famille ou de lui-même et que ma mère le toléra... Mais, jamais, au grand jamais, elle ne lui montra un quelconque intérêt. Si un jour par un hasard exceptionnel, ses yeux s'arrêtèrent un instant sur « le tableau » pour lui inspirer un sentiment, ce ne fut que du mépris, un mépris mêlé d'une jalousie profonde et grégaire...

Si le lendemain du décès de mon père, ma mère non seulement contente de l'avoir décroché, ne l'avait pas caché ou détruit, maintenant que le temps qui efface tout, a passé, je crois que je l'aurais gardé auprès de moi comme s'intégrant à la famille parce que le sentiment d'avoir un demi-frère adultérin de l'autre côté de la Méditerranée, d'une autre civilisation, s'insérant dans l'épopée de mon héros, de ses primes amours ... non seulement me réchauffe le cœur, mais me fait m'incliner respectueusement devant la sépulture de mon père, ce héros... Cet immense héros !

Du même auteur sur Amazon :

L'ILLUSION D'UN REVE (Roman)

CONFIDENCES ET CONFESSIONS D'UNE FEMME (Roman)

MON MOIS DE MAI 68 (Roman)

« Mon mois de mai 68 » a été traduit en Anglais par Elizabeth Workman sous le titre : MY STORY OF MAY 68.

CRIME SANS CHATIMENT (Roman)

PRISONNIER (Roman)

LES ETRANGES CRIMES DU PLATEAU DE LA VIADENE (Roman)

LA DROLE DE VIE D'ANDRE RIGAL, DIT « DEDE » (Roman)

LA VIE CACHEE DE « Dédé » (Roman)

L'APPRENTISSAGE DE STEVE (Roman)

L'ALLEMAND QUI AURAIT VOULU ETRE FRANÇAIS (Roman)

UNE HISTOIRE D'AMOUR ET D'AMITIE. SOUVENIRS D'ALGERIE. (Roman)

LE MYSTERE DU TABLEAU DE « LA FEMME ET L'ENFANT. » Mon père et la deuxième D.B. (Roman)

COMMENT RESTER EN BONNE SANTE (Précis de médecine préventive)

COMMENT BIEN S'ALIMENTER (Précis de diététique)

Retrouvez les chansons de l'auteur sur toute les plateformes musicales : YOUTUBE, AMAZON MUSIC, ITUNES, DEEZER, SPOTIFY, etc. / Gilbert Trichet

Printed by Amazon Italia Logistica S.r.l.
Torrazza Piemonte (TO), Italy

67333599R00121